時計じかけの熱血ポンちゃん

Ponchan™

A CLOCKWORK HOT-BLOODED PONCHAN

SHOSETSU SHINCHO PRESENTS

SOUL POWER

山田詠美

A Clockwork Hot-Blooded Ponchan

新潮社

時計じかけの熱血ポンちゃん

CONTENTS

Designed by Terry & Billy for T-Back Agency®
a division of Flamingo Studio,Inc.

時計じかけの
熱血ポンちゃん

ぴんと来るポン暦は明け

今回から、スタンリー・キューブリックという名の虎の威を借ることとなった山田です。いや、原作者のアンソニイ・バージェスの威でも良いんだけどさ、虎力が強いのはキューブリック監督の方でしょう。でも、本当のところ、彼の映画って、何だか私と相性が良くないみたいなの。「二〇〇一年宇宙の旅」を観に行った時には、猿の投げる骨を見詰めている内に気持が良くなって寝てしまい、「時計じかけのオレンジ」では、主人公が目を見開かされて残虐シーンを見せつけられるあたりで気分が悪くなり、「アイズ　ワイド　シャット」の上映終了後、映画館の外で前夫と大喧嘩した。もしも、まだキューブリック監督が生きていて、新作が公開されたとしても、絶対に足を運んだりしない！　そのくらいの知恵は付きましたのよっ。あ、でも、ひとつだけ良いこともあったんだ。それは「シャイニング」の中で悲鳴を上げまくる奥さんがワンカットだけ、友人の女性編集長にそっくりであると発見したこと。えっ!!　それが良いことなのかって？　ええ、そうですとも。顔面相似形を捜し当てた時の気分って、何とも言えず爽快じゃあありませんか。

雑誌「週刊文春」のグラビアで定期的に特集が組まれる「顔面相似形」。あれにインスパイアされて、自分だけの相似形発見を吹聴したい思いに駆られた人は、決して少なくないだろう。私や友人たちもそう。アイディアを出して小さく盛り上がったりするのだが、賛同を得るのは難しく、たいていの場合、うやむやにされたまま話題から消えてしまう。

　思わず膝を打ちたくなるような私の新発見だってそう。万人受けしないという理由で、何度、飲み会のもくずと消えたことか。船戸与一のおっちゃんと加瀬亮とか、町村元官房長官と吉祥寺の居酒屋「闇太郎」の御主人とか、芥川賞作家の楊逸《ヤンイー》さんと青木さやかとか。ロンドンオリンピックのセレモニーに登場したモハメド・アリと北島三郎、そして、ポール・マッカートニーと中央線マクロビオティック系おばさんとか……斬新な組み合わせをあげればキリのない、冴え渡る私の観察眼なのだが、皆、却下。

　中でも、剛力彩芽と杉村太蔵の相似形を提案した時には、安部譲二氏の逆鱗に触れた。私と彼は、もう足掛け三年ほど、対談形式の悩み相談を「婦人公論」で連載しているのだが、会うたびに彼のアイドルって、ころころ変わるんだよね。その好み、少しも一貫していない。安藤美姫だったり、上戸彩だったり、滝川クリステルだったり……そして、目下のところ、剛力彩芽ちゃん！　あんまり熱心に彼女について語るので、おもしろくなって、つい思いつきを口にしたら、ひどい奴だーっとなじられた。そうでしょうか……私の酸いも甘いも嚙み分けた審美眼は、彼らを結び付けずにはいられないのね。眼鏡かけ忘れてTV観ると、ほんと区別が付かないよ。

　などと脱線している内に、早や年は明けて二〇一三年を迎え、さらに、ポン暦の旧正月（私の誕生日の二月八日のこと。中国の春節な感じで身内で祝う）も過ぎ、新刊発売のためのパブリシティ直前。嵐の前の静けさという感じである。あー、今回もまたサイン会に向けてのダイエットに挫折。一度で良いから、スレンダーに変身して、読者の皆さんの前に立ちたいものである。でも、私、年の始めにそう誓ったのに、その舌の根も乾かぬ内から、ラーメンかっくらってたんですもの。夫につき合わされたとは言え、食べ物の誘惑には決して打ち勝つことの出来ない意志の弱い女なんですもの。

私の夫が、超の付く矢沢永吉ファンであるのは、ここで何度か書いた。年末、私の実家への里帰りで、彼が一番楽しみにしていたのは、大晦日の夜の紅白歌合戦。もちろん、永ちゃんが出演するからである。そして、もうひとつはラーメン。宇都宮に、永ちゃんファンの聖地と呼ばれるラーメン店があると言うのだ。永ちゃんグッズだらけの店内に、永ちゃんファンの客が集い、永ちゃんの歌声の流れる中、ラーメンを啜っているとか。あー、楽しみだなー、と地元のレストラン案内を購入して、ページをめくる夫。場所を私の妹に調べさせて、リサーチに余念がない。

……あのー、まさか、そこ、私も同行しなきゃいけないんでしょうか、という問いに、彼が答えることには。

「アウェイだからなー、地元の人に一緒に行ってもらわないとなー」

……地元って……私が、鹿沼《かぬま》から宇都宮に移り住んだのは、高校の最後の年。それに元々は、東京生まれの転校生。どこにも地元意識を持てぬまま大人になってしまったのが、この私。おまけに、ラーメンという代物にも縁がなく、ラーメン専門の店に足を踏み入れたことなんて、ほとんどないに等しいのである（中華料理店は、もちろん何度もあるが）。だいたい、丼を出しておしまい！　の一話完結の食事ってのが、私には物足りないんだなー。ま、だから、でぶのままなのかもしれないが。

あ、今、唐突に思い出したが、昔、赤坂、六本木で毎晩遊んでいた頃、アフリカ某国の偉い人の息子と仲良くなったことがあった。赤坂のMUGENというディスコを出た後、腹ごしらえしてから六本木に移動しようなどと女友達と話していたら、彼が追いかけて来て、案内しろと言う。顔を見合わせる私と女友達。やだな、と私は一瞬思った。だって、彼ったら正装しているんだもの。平日の夜の脱力したナイトクラビングに、彼の頭に載せられたボルサリーノは、あんまりにも大袈裟過ぎた。でも、仕方ないのだ。お出掛けに帽子をかぶらないと教育係（！）に叱られるんだと。

「私たち、あなたなんかの口に合わないチープなスナックを食べに行くんだよ」

「ノープロブレム！　日本文化を学ぶには、そういう場所に限る！」

うへー、知らんよ、もう。と、肩をすくめる私と女友達。勝手に付いて来る彼を無視して、私たちは、MUGENにほど近い「つけ麵大王」という店に入った。当時としては珍しいつけ麵専門のチェーン店である。

カウンターに着いた私たちの隣に、物珍しそうにあたりを見回して腰を降ろす彼。実は、私もその店に入るのは初めてだったのだが、慣れたふうを装って、わかめつけ麵というのを頼んだ。彼も同じものを頼もうとしたが、女友達が気をつかって肉入りのものにしてやっていた（そのせいか、彼は、後に彼女に恋をする）。

踊ってほてった体に、冷たいつけ麵は最高だった。アフリカ人の彼も、必死に慣れない箸を使って、夢中で食べている。周囲の人々と同じように啜ろうとして、何度もむせながらも、綺麗にたいらげた。何て旨いんだ、という彼の言葉を訳して店員のお兄ちゃんに伝えてやると、にっこり。私も楽しくなって、にっこり。おいしいものは、言葉の違いを越えて人々をつなぐ。日本の偉大なるスペシャリテ、つけ麺ばんざーい！

と、その時、アフリカ人は言った。

「シェフを呼んでくれたまえ。礼を言いたい」

マジかよ、と呆れる私を彼がせかす。

「早く通訳せよ」

命令かい!?　しかし、満足気な彼の顔を見ていたら、こちらも嬉しくなって来て、店員さんに御主人を呼んでもらう。怪訝な顔をしながら厨房から出て来たおじいさんに手を差し出し、御礼を言う彼。

「モスト　デリシャス　ヌードル　イン　ザ　ワールド!!」

え？　そ、そこまで？　おじいさん、アフリカ人に両手で握手されて、困惑するやら照れるやら。でも、何だか、こちらも御機嫌な気分をお裾分けされた夜だった。

それにしても、あの彼、今思い出してもすごい世界の人だった。エディ・マーフィ主演の映画で「星の王子　ニューヨークへ行く」というのがあったが、あれの縮小版？　つけ麺の御礼に、と招待された場所は、都心の最高級ホテルの中国料理店だった。食後、あの時と同じようにシェフを呼んだ彼は言った。

「この間話した、ものすごく旨かったコールドヌードルね、こちらのレディたちに教えてもらったんだよ」

それはそれは、とにこやかに応対したシェフではあったが、片方の眉が、ぴくりと上がったのを、私は見逃がさなかった。ううっ、身の置き所がない……と言うべきなのだろうが、おいしいものをおいしく食べる瞬間に貴賤なんかない、というのが私と女友達の持論。そりゃあ、そこで生まれて初めて食べたフカヒレやナマコは、最高の思い出の美味となったけれども。

食後、私たちは、プールに誘われた。何と彼は、そのホテルのワンフロアを親族で借り切っていたのだ。聞けば、国で用意される筈だった宿泊先の邸宅に不具合が見つかり修理中だと言う。

部屋のドアは、すべて開け放たれたままで、シャワーを浴びた後の子供たちが半裸で廊下を走り回っていた。いったい、何家族がそこにいたのか。私に解ったのは、これだけの人々がここに宿泊するためには莫大な費用がかかるということだけだった。

やがて、件《くだん》の彼と私の女友達が空いていたひとつの部屋に消えたので、あ、やっぱりね、と思った。彼が最初から女友達ねらいだというのは、一目瞭然、脳みその中身洩れてますよ、と教えてやりたいくらいだったのだ。えーっと、色に出にけりって、英語で何て言えば良いのかなーなんて考えながら、別室で、まとわり付いて来る子供たちの相手をしていた。長くかかるようなら、先に帰っちゃおうなんて思いながら。

ところが、ほどなくして、彼女は私のところにやって来た。今晩泊まって行くからとでも私に断りに来たのかと予想したら違った。

「待たせて、ごめーん。さ、帰ろ」

せかされて廊下に出ると、名残り惜しそうな表情の彼がいて、私を見るなり肩をすくめた。女友達が、私の背を押しながら、後ろを振り返り、明るく「スィーヤー《see ya》」と言って手を振る。

ホテルの前でタクシーを待ちながら、良かったの？　と尋ねると、こう返された。

「だってー、ぴんと来なかったんだもーん」

キスした瞬間に相性が合わないのが解ったそうである。偉い！　ぴんと来る。男女の間で、最も重要なこのこと、案外、ないがしろにされがちではないだろうか。ほれ、そこのお嬢さん、ぴんと来ない男とつき合ったりしちゃ駄目ですよ。いくら条件が良くたって、この「ぴん」を感じさせてくれない男は、あなたにとってのミスターライトではないのです。そういう輩《やから》は、あなたにとっての真の快楽を授けてはくれないの。でもさー、この「ぴん」、まあ、動物的な直感と言い替えても良いけど、それに従おうとしない人、多いよね。まあ、従いたくなるほど磨いていない、というのが本当のところかもしれないが。

もう昔と言って良いくらいに前の話だが、知り合いで、玉の輿願望のものすごく強い女の子がいた。今で言うところのセレブな奥様志願なのだが、結婚相手に求める条件のハードルがとてつもなく高かった。それも、主に金銭面を含む生活レベルに関してのこと。要するに大金持でなくては、自分に相応しくないということなのだ。彼女が、それを公言するたびに、私たちは、内心呆れて、しまいには辟易するのが常だった。

「でも、やっぱり、恋に落ちた相手とじゃないとつまんないんじゃないの？」

誰かがたしなめるように言った時、その彼女は俄然息巻いた。

「そりゃそうよ。だから、私、この先、そういう人としか恋に落ちないの！」

やれやれ、と誰の顔にも書いてあった。私は、やれやれ、どころか、馬鹿だなこの女、と思っていた。そして、それ以上に、友人のひとりは、彼女のそういった発言を嫌悪して、友達付き合いを止めた。あの人といると、自分まで物欲し気な人間に思えて来る、と言って。

「そりゃ、お金は大事だし、ランクの上の生活は誰だって夢見るよ？　だけど、それだけじゃないじゃん。あの人、絶対に、男からお金抜きで良い目に会わせてもらったこと、ないと思う！」

いや、御説ごもっとも。でも、私は、玉の輿願望の彼女が、ずい分と長いことひとりの既婚者の男とくっ付いたり別れたりしていたのを知っていた。そのぐちゃぐちゃ具合と言ったらすごくて、二人の関係を知っているというだけで、たいして親しくない私に、男の方が相談の電話をして来たことがあるほど。彼女の取り乱し方があまりにひどくて、途方に暮れているとか言っちゃって。何かのプレイ？　と勘ぐったくらい。それなのに、男の妻は、なーんにも気付いちゃいないという不思議。安定した生活の部分は、やっぱり妻のもの。たぶん愛人の彼女は悶々としながら、次に出会って結婚する男こそは、と決意したんでしょうね。そして、周囲に、それを表明して、自らを奮い立たせていたのかも。

しばらくして、彼女は、望み通り、裕福な男と結婚しました……めでたしめでたし……とはならなかったのであーる。「ぴん」と来るよりも条件を優先させた彼女、なんと、一年もたたずに離婚して、元彼の妻子持ちとよりを戻してしまったのだ（それは妻の知るところとなり、今度こそ正真正銘の泥沼）。

条件優先発言に頭に来て、付き合いを止めた件の元友達が、それを知って笑った……いや……嗤った。

「結局、彼女、自分の生理的なものは裏切れなかったってことよ」

はーっ、そうだよねー。生理的に合わない男と生活を共にする苦痛って、どんな経済力や権力や地位をも駆逐する場合、あるものね。それに耐えられるくらいのプロにならなきゃ無理（ある種の人妻は、そのプロの範疇にいて、私は、彼女たちには敬意を払うものである）。ビビビッ（Ⓒ松田聖子）の感覚を素人は、せいぜい磨いておくべきであろう。

話は、永ちゃんファンの集結するラーメン屋に戻るが、アウェイ感にびびる私たちは、本家ではなく弟子筋の系列店に行ってみた。すると、おお、永ちゃんグッズがずらりと並ぶガラスケースの中には、我家にもある白いスーツのフィギュアが。すべてが永ちゃん。女子用膝掛けも永ちゃんタオル。ポンちゃんにとって、ぴんと来る事柄はgo-getter 4 the funky lifeの必需品。でも、何故ラーメン？　おいしかったけど。

ポンちゃんの
変顔
コレクション
其の一
［映画編］
「シャイニング」の中で悲鳴を上げまくる奥さん
©2013 TERRY

春爛漫に要刺激

スーパーで買って来た釜あげシラスに、ちっちゃな海老が混じっていただけで、心揺さぶられ、何とか「相田みつをなことば」(Ⓒ高橋源一郎さん。『国民のコトバ』毎日新聞社刊より)を生み出せないかと頭をひねることしきりの山田です。同じ釜の湯につかれば　アノネ　きみもぼくももうよそ者なんかじゃないんだよ　みつを……とか何とか。

シラス、大好きです。毎日、ごはんに載っけて食べてます。我家の定番には、シラスパイというのもある。パイシートにジェノベーゼのソースをたっぷり塗り付けてシラスを載せ、短冊状にカットしてねじる。それを何本も天パンに並べ、たっぷりの摺り下ろしたパルミジャーノ・レッジャーノを振り掛けて、オーヴンでこんがり焼くのである。ワインのつまみにぴったり。

サラダにも合うよね。水菜なんかのシャッキリした青い野菜にたっぷりと載せ、にんにく醬油をかけてから、熱々にした胡麻油を注ぐと、ジャジャッと盛大な音がする。そして、立ちのぼる良い香り。あー、焼酎飲みたい。

そういや、伊集院静氏のエッセイの中で、食べ物について書くのは卑しいことだ、という記述を何度も目にした覚えがあったな。……そうなのか……でも、いいの。私は、氏が特別扱いする

〈女子供〉の一員（一応ね）だから、どんどん書くことにする。そして、〈食談は食欲のポルノ〉と言い切った、故・開高健御大を仰ぎ見るつもり。そそられて、体重をこれ以上増やすような事態だけは避けたいが。

……なあんていう私の決意をあっさりと打ち砕く本を、この間読んでしまったんだなあ。それは、『アンソロジー　カレーライス!!』（PARCO出版刊）。この本、良い意味でも悪い意味でも「ヤバイ」んだよーっ。夜中に読んだら、カレーの誘惑との戦いになること必至。絶対に食べたくなる。いや、その前に、あのスパイスの匂いを嗅ぎたくてたまらなくなる。ダイエットの敵。そして、食欲の味方。さらに言えば、味覚によるノスタルジーへの案内係。誰もが自分だけの持つカレーライス（あるいは、ライスカレー）にまつわる記憶を、フラッシュ・バックさせることだろう。

カレーの登場するエッセイだけのアンソロジーである。執筆者のラインナップをながめるだけで、おもしろくない訳がない、と何故かおなかが鳴る。池波正太郎や井上靖などの文豪から、若いところでは、町田康くんやよしもとばななちゃんら。もちろん食べ物エッセイの天才、東海林さだおさんや久住昌之さんの名前も（あ、伊集院さんも。笑）。

帯のコピーが秀逸だ。

〈にじむ汗、

そして、

水をゴクゴク（水まで旨いね♪）。〉

くーっ、解る解る。日本のカレーしか、この水の美味は演出不可能なんだなー。これはもう日本食でしょう。ルーツはインドでも、しっかりと日本人。あ、真理アンヌみたいな？（古過ぎて、私にも、その人を説明出来ないが、たぶん、モデルさんとか）

かつて、私は、二週間のインド滞在で三食カレーを食べ続けて五キロ太り、後世に名を残した女（だいたいおなか壊してやせるらしい。同行者も途中倒れて五キロやせた）。あの時のカレーは、すこぶる美味であった。しかし、日本のカレーとは別の料理。

前の結婚では、長期のアメリカ滞在をする際、あらかじめ沢山の食材を日本から送っておいたものだ。何故なら、義理の両親が、何でもあるニューヨークから保守的な南部の街に移り住んでしまったから。チューブ入りの山葵《わさび》、粗めのパン粉（アメリカには存在しない）、かつお節に素麺、ゆかりなどのふりかけ類。その中でも、絶対に忘れてはならなかったのが、市販のカレールーとS&Bの赤い缶入りカレー粉。アメリカのスーパーに置いてあるカレーパウダーなんて、単なる風味付けにしか使えない、まったくもってけしからんやわなものだったのだ。

で、作りましたよ、ファミリーの好奇な視線にさらされながら、カレーライス、ドライカレー、カレーうどん（麺は、日本から送った乾麺）。フライドチキンの衣もカレー味にしたりした。で、評価は、と言えば。これが最高だったのだ。すごーい、おいしー、これ、どこの食べ物!?という矢継ぎ早の質問に、きっぱりとジャパニーズフード！　と答えた私。特に、ごく普通のカレーライスの評判が良かった。ハウスバーモントカレーばんざーい！（辛口より甘口の方が断然口に合うみたいだった）

今、私がカレーを作る時に最初にするのは。それは、クミンシードを鍋で乾煎りすること。と、こう書くと、いかにも本格的なカレー作りに挑戦しているみたいだが、ぜーんぜんそんなことはない。ベースは市販されているカレー粉だし、玉ねぎを飴色になるまで炒めることもない、ざくざくと大量の野菜を刻んで、肉や魚介（ヴェジタリアン向けの場合は厚揚げ）と煮込むだけ。ルーを使わないさらっとしたスープタイプだ。

しかし、いくつか絶対に外せないスパイスというのがあって、そのひとつがクミンシード。私は、あの香りが大好き。煎っていると、次第に香りが立って来て、やがて独特の刺激が鼻に来る。ここで、人によって好き嫌いが分かれると思うが、私は、その匂いを、うんといい男の脇の下の匂いにたとえたくなるの。いや、これは、実際に嗅いだとかそういう訳ではなく、単なる比喩なのだが、ラルフ・ローレンの香水「サファリ」なんかに通ずる野性的なフレイヴァを感じるの。で、ずばり、いい男の脇の下。飲んでる席で、その発見を得意気に披露したら、何人かいた男たちの中で、ひとりだけが深く頷いて言った。

「あーあー、そんな感じしますよねー」

ぎょっとしたのは、同席していた彼の上司である。

「お、おまえ、何でそんなこと知ってんの」

「え？　脇の下って、そういう匂いするじゃないですか」

「いい男の脇の下だぞ！」

「はあ……」

うやむやになってしまったようである。同意した彼が、いい男の脇の下の匂いを嗅いだことがあるのか、自分の脇の下をいい男のそれと思っているのかは、今もって定かではない。

この〈カレーだらけの33篇〉（帯より）を読み終わって、へえ？　と感じたのは、ある年代より上の人たちは、カレーライスとライスカレーを自分の定義に従って分けたがること（特に男性）。皆、その区分けに一家言あるようだ。しかし、結局、カレーライスは外のもの、ライスカレーはうちのもの、という共通項が導き出されるのだ。日本における、もっとも多岐にわたる展開を見ながら、それでいて同時に普遍性を獲得した偉大なるソウルフード、それがカレー!!（段々、大仰になって来て止められない）

いや、しかし、そんな素晴しい国民食のカレーだが、ひとつだけ欠点があるんだよなー。それは何かというと、酒に合わないこと。もしかしたら、ビールには合うのかもしれないけど、私、ビール飲めないからなー。

カレーに限らず、スパイシーな食べ物に合わせるお酒選びは難しい。タイ料理も四川料理も、一部のインドネシア料理も。やはり、ビールしかないのか。例外は、メキシコ料理。ハバネロを始めとする唐辛子を使ったサルサ（ソース）にテキーラは合う！　……って言うか、テキーラの瓶にあらかじめ丸ごと唐辛子仕込んだりしてるし。え？　イタリア料理？　ちっともスパイシーじゃないじゃん。アラビアータの唐辛子なんて、ただの風味付け。でも、だから、ワインに合う。あ、もしかしたら、タイ料理はメコンウィスキーというやつと相性抜群なのか。でも、私、ウィスキーも飲めないんだよなー……なんて、ぶつぶつ言うなら水を飲め！　って感じですね。そう！　カレーに一番合うのは水道の水なのだ（あと、ラッシー?）。

それにしても、この本を読んで、人の数だけカレーへの特別な思いがあるんだなあ、と改めて思った。そして、それを語る時、その人は、はからずも意外な一面を覗かせる。

吉本隆明氏がレトルトのカレーを次々と食べ比べては首を傾げている姿なんて、誰が想像しただろう。最後に彼の考察が〈味覚の革命〉への問いかけに行き着いているのが、真面目可愛いと言うか、何と言うか。

減量を試みる色川武大氏が、夢の中で三皿もカレーを食べてしまうくだりがおかしい。起きて夢だと解っても、水を二杯飲んでしまうのが、さらにおかしい。夢の中で、やりたいと思うことをたいがい実現させる才能はすごい、といばっている。世界中の美女と夢の中で寝ている……って、それをカレーライスと同列に並べているのが、あー、色川さんらしいなー、とお元気だった頃を懐しく思い出す。夢とうつつの間にはさまれた、薄紙のようなものについてのお話に耳を傾けたことがあったっけ。すごくおかしいのに、とてもはかない印象を残したいくつかのエピソード。私、あの方のお宅に泊めていただいたその朝、どこからともなく現れたおじさん、いや、お兄さんに、オムレツ作ってもらったんだった。おいしかった。でも、あれも、今となっては、食べ物であって食べ物でないはかない味のように記憶されている。もう三十年近くも前の話だ。

古山高麗雄氏が、戦地のビルマで食べたカレーに言及した後、こう締めくくっている。

〈食物は、なつかしさが第一、味は二の次〉

私も、そんな気がしてならない。食べ物の味ほど、刹那を素早く思い出に変えるものはない。そして、その積み重ねが味覚に個性を与える。多くの人は、それを当然のこととして享受するものだが、物書きという人種は違う。いじましいくらいに健気な心で、それを書き付けておきたいと願うのである。その欲望と来たら卑しいくらいに……あ、そっか、伊集院さんの書いてたことも当たってなくはないんだな。

ところで話は唐突に変わりますが、この間、とても素敵な訪問者がありました。多くの家庭の主婦が夕食の準備に勤《いそ》しむ時間帯。私も台所に立ち、じっくりとお出汁を取っておりました。そこで、予期しないチャイムの音。何なんだよ、こんな重要な時に。まだ出汁だから良いものの、パスタをゆでてたりしたら、どうしてくれる、こんにゃろ、と腹を立てながらも、丁重にインターフォンで応答しました。モニターの画面には、背広姿でネクタイを締めた若造……もとい若者が映っています。首を傾げながら、どちらさまですか、と私が尋ねたところ、何と！

「週刊新潮の記者のものです」

と、言うではありませんか!?

この瞬間、私の頭をよぎったのは、ただひとつ。この疑問のみ。

(え？　私、今度は何をやらかしたんだろ……)

顔から血の気が引いて行くのが解りました。でも、長年のお付き合いのある新潮社、来る前にひと言知らせてくれたって良いじゃないか。私は、泣きたいような気持で言いました。

「あの、聞いてないんですけど」

「は？」

「……私が何か」

「はい？　あのー、この間、深夜の吉祥寺で若い女性が刺殺された事件について、ちょっとお話を、と思いまして」

「……それ、私の意見が必要なの？」

「はい。近辺で、犯人と同じ十七歳ぐらいのお子さんをお持ちの方々に……」

そんな子供、いませーん!!　……って言うか、よりによって、いったい何だって、私の所に来る!!　それも、夕方の忙しい時間を何故選ぶ!!　まだ出汁を取ってる時だから良かったものの、これがパスタをゆでている……〈以下略〉。

昔、デビューしてからの何年か、私は、マスコミに追い回されていた。その執拗さと言ったら、ものすごいもので、私は、とことん痛めつけられた。記事の大半は、こんな国賊同然の女が作家面するのは許せんというもので、書くことがなくなると、今度は、顔の美醜にまで及んだ。いわく、外人にしか相手にされないブスのくせに、とか何とか。どうして、私ごときに、ここまで執着するんだろうと、つくづく世の中が嫌になったものだ。傷付いた様子なんか死んでも見せるものか、とふてぶてしく振舞っていたから、余計に癪に障ったのだろう。まるで、どうやったらこの女に土下座させることが出来るのか、とむきになっているとしか思えなかった。私、なんにも悪いことしてないのに（今でも、思い出すだけで涙が出て来るよ）。

あの頃に付けられた心の深い傷は今でも残っていて、ほんのちょっとしたことで、かさぶたは剝がれる。インターフォンを耳に当てた時に聞こえる「〜の記者です」という声。何十回と聞いたあのフレーズが、今も、私を恐怖に突き落とすのである。もう、来んじゃねーぞ、記者!!（あ、文芸記者さんは別です）それにしても、あの刺殺事件の現場と私の家、駅をはさんで、まったく反対方向。全然、近くないんだが、何で来た。も一回言っとくが、もう来んじゃねーぞ！記者!!（あ、文芸記者さんは……〈以下略〉）

と、この事件（？）について話すと、皆、人の気も知らないで、げらげら笑うんだよなあ。ち、と舌打ちしたくなる私だが、でも、こうも思うの。笑い飛ばしてくれる人がまわりに集まってくれる年齢《とし》になって良かったなあって。デビューした二十代の頃、近しい人々は、皆、私と一緒になって、怒り泣いてくれる人ばかりだった。つまり、私と同じように若かったのだ。あの頃、早く年を取って宇野千代先生みたいになりたい、あそこまで突き抜けたら、誰も何も言わないで、小説だけを評価してくれる筈、と夢見てた。そして、今、笑いの効用を教えてくれる人々と一緒に年齢《とし》を重ねて行けている。若い頃に戻りたいなんて、これっぽっちも思わないよ。

　さて、「アメリカン・アイドル」新シーズンも本選に突入しましたね。予選時、こっそり女装してエントリーして来た前審査員のスティーヴン・タイラーの勇姿と来たら最高！　ポンちゃんにとってカレーよりも刺激的なのは、too irresistible men and women. サイン会でニッキー・ミナージュの口紅の色、コピーした……つもりが、草間彌生に。

あれこれとテイスティングして春惜しみ

神戸の街並を楽しみ、夫の両親と行った有馬温泉ではぬくぬくと温まり、おいしいお酒とごはんをたらふくいただいて、ほんの少しだけ大谷崎に思いを馳せてみた山田です。

東京では、すっかり葉桜になってしまったというのに、西ではようやく散り始め。桜は、南から北、西から東へ咲いて行くものだと思っていたので意外だった。まったく期待していなかったのに、風に吹かれて花びらのはらはらと散る様はたいそう美しく、もののあはれを感じさせるに充分で……と言いたいところだが、それどころではなく、ものすごく寒かったのであった。浴衣姿で温泉街をそぞろ歩くいなせな熟年カップルになるという私たち夫婦の目論見は外れ、立ち飲み屋さんで震えながら一杯やって、旅館に逃げ帰った。凍えながらも、ちゃんとアペリティフの掟はまっとうするという酒飲みの鑑である私たち。偉い偉い……と、誰も誉めないので、自分たちでねぎらう。あー、寒かった。私なんて、かち割りワイン（氷入りワイン）なんてものを頼んでしまい、体感温度が、明け方から花見の場所取りをする学生さんみたいなことになっちゃった。でも、これも、やがて待ち受ける温泉の快楽を引き立てるためよね、おほほ。悦楽の極みを常に目指そうとする私。そういや、私、ずい分前に、谷崎賞というのをいただいたんだっけ。今こそ、恩に報いて見せるわっ！

で、部屋付きの温泉につかって、のんびり読書の愉楽に身を投じました。有馬のお湯は、金泉と銀泉に分れていて、私たちの部屋のは前者。ページをめくると茶色い指の跡が付くという金泉ぶり。右手でカレーを食べるインドの人から聞いたのと同じ事態に。ああ、ここで話は、前回同様、カレー談義に行きかけようとしているが抑えよう。でも、右手で直《じか》に食べ物を口に運ぶ習慣のある国に行くと解るけど、指にも限りなく味覚に近い機能ってあるんだよねえ。たとえば、インドネシアの屋台《ワルン》で、ナシ・チャンプルーを混ぜる時とか。小説を書くということ自体が、そもそも、本来、割り当てられた役目以外のスキルを必要とするもののような気がする。舌ではないもので味わうとか、目を使わずに見るとか、耳でないものを澄まして音を聴くとか。そう思うと、まだまだ精進が足りないなあ、と突然、殊勝になる私なのであった。

日本で、手で、そのまま食べておいしい、と言えば鮨、そして、おにぎりなど。やはり、手で直接形作られたものは、直に触れて食べたい。

あ、鮨で思い出したけれど、この間、ＴＶを観ていたら、高名な料理評論家が回転寿司の通な食べ方についての蘊蓄《うんちく》を傾けていた。

いわく、小皿のはしに多めの生姜を載せ、その脇にひたひたになるまで醬油を注ぐ。そして、生姜を箸でつまんで、したたる醬油を鮨の刺身部分にまんべんなく塗る。軍艦巻きだけでなく、普通の鮨にも塗る、塗る、塗る。こうすると、付け過ぎたり足りなかったりという事態を招くこともなく均等に醬油は行き渡る。まぐろのトロなどは、そのまま表面の脂と醬油が馴染むまで、しばらく放置するのが良い。

……えー？　本当かなあ、と私は思った。あのー、ちっともおいしそうじゃないんですけど……。そんなことしたら、全部、生姜の匂いのする鮨になっちゃうんじゃないの？　おまけに、その料理評論家、箸で持ち上げた鮨をごはんを下にしたまま口に放り込み、すっごく品なく食べていた。こういうのを観ると、TVって恐いなあ、と思う。文章でいくら通ぶっても駄目ね。正体ばれちゃう。だいたい、自ら「通」を名のる段階で通じゃないんじゃないの？

「通」とか「粋」とかって、人に言われて初めて本物の称号をかち取るもの。心からおいしいものを人に知らしめたいという願望を持つ人は、絶対に通人ぶらないのではないか。

美味なる食べ物に関する文章に、そこここで出会う昨今である。私も読むのは大好き。食のエッセイには目がなくて、本屋さんで新しいものを見つけると、わくわくして買ってしまう。そのほとんどは期待通りなのだが、時々思うのね。皆さん、おいしいものを誉めたたえ過ぎ！

前回、カレーライスに関するエッセイだけを集めた秀逸なアンソロジーを取り上げた。あの本には、決して美味を持ち上げただけではない、深い味わいのある文章がいくつもあった。時に苦い人生を感じさせるものも。

たまに、その味覚体験がいかに素晴しかったかを伝えようとするあまりに、すごく大仰になってしまっているエッセイに出会う。こんな語彙まで総動員して疲れてんだな、この人、と思う。時には、おいしくないもののことも書いてみりゃ良いのに、と。毎回毎回、おいしさに感動していたら身が持たないよ。でも、それが、食を中心テーマに据えた物書きやレポーターの宿命？　自分ふう、大変な仕事だ。でも、これ、食べ物について以外の文章でも言えるような気がする。自分はエッセイで絶対にネガティヴなことを書かないようにしている、というような内容の文を読んだことがあるけど、その時、私は、こう思ってしまったの。あー、だから、この人の書くものってつまんないんだなーって。

世の中、幸せいっぱいの飯時《めしどき》を迎えてる輩ばかりじゃないだろーっ、と苛々をつのらせることしきりの諸兄には、この漫画をお勧めしましょう。それは、施川《しかわ》ユウキの『鬱ごはん』（秋田書店刊）。

帯にはこうある。

〈就職浪人生・鬱野が鬱々とした思いをめぐらせながら日々食べ物と向かい合う、〝食〟を楽しめない男の孤独なひとり飯。〉

ひと言で表わすなら、若い男の自意識過剰が、毎日迎えなくてはいけない食の時間に空回りする哀しいおもしろさ？　うわっ、暗っ、と思いながらも、いや、しかし、解らなくもないよ、これ、と我身に潜むセルフ　リスペクトのうっとうしさに気付いてしまう、ちょっと困った漫画なのだ。

たとえば、主人公の鬱野くんは、チェーンのドーナツ店であれこれ選んでいる時に、ふと、自分のせいでレジまでの流れが滞っていることに気付く。すると、もう大変！　〈あわわわわ……は…早く選ばないと…どっくどっくどっく（↑これは心臓の音）〉となり、適当に似たものをいくつも選んでしまう。そして、他の客は自分たちのドーナツ選びにかまけているのに、そっと、そちらを見て、〈…よしっ迷惑かけてなさそうだ〉とほっとするのである。

クリスマスには、これまたチェーン店だが、フライドチキン屋で受難が。パーティバーレルを予約した客たちばかりの中、チキンひとつで充分なのに、鈍感と思われたくなくて六個もオーダーしてしまう。すると、イートイン仕様で出て来てしまい、列を作る客たちの冷たい視線にさらされながら、必死にたいらげる破目になる。この冷たい視線というおおいなる錯覚が全編に登場し、ほの暗い共感を呼ぶのだ。

〈針のムシロに座らされる　類語：プレッシャーを感じる　疎外感を感じる　四面楚歌　穴があったら入りたい……（以下略）〉

汗だくで、必死にチキンを咀嚼する鬱野くん。そして、ついに〈聖なる夜になぜ？　キリストよ！　…なぜ!?〉と問うに至る。この後、ヨブ記とか出て来ちゃうところが、ほんっと、真面目おかしい。

そういや、私が大学生の頃とかも、ランチタイムの喫茶店で、混み合ってるというのに、文庫本広げて、つまらなそうに食べている女の子とかいたっけなあ。そういう子の顔には、必ずこう書いてあったよ。

「私、別に友達いない訳じゃないんだけど、今日は、ひとりになりたくて、この文庫本を口実に、あえてエスケイプしてみたって訳」

あーそうですか。それはそれはよござんした、と同じ年頃だというのに、やり手のばあさんみたいな視線を送っていた私だ（何のやり手かは不明だったが）。

鬱野くん、二十二歳。そう、この年頃って、男も女も、中二病以来、新たな自意識の病を迎えるような気がする。ねえ、誰もあなたのこと見てないよ、と言いたくなるような、やみくもに高い自己評価。中学の時と違って、内実が伴っていないことを自身がうすうす認めているだけに、はるかに痛々しい。傲慢と小心が交互に顔を出す主人公の言動から目を離せない。万人の心に棲むであろう、それぞれの「鬱ノジ」にかんぱーい！（やけくそ）第二巻では、どんな鬱ごはんが待ち受けるのか、楽しみだ（……と言うと、微妙に違う気もするが……）。

そうだ、私は、この間、鬱野くんとほぼ同じくらいの年齢の時に、五ヵ月だか六ヵ月だか、死ぬことばかり考えていたという男子の物語を読んだのだった。そして、ええっ!! と思った。変じゃないの？ この人を取り巻くワールドって！ うへー、すいませーん、私、とても付いて行けませーん。同じ友達の少ない男でも、鬱野くんの方がずっといいよ。だって、自己完結しているとはいえ、ユーモアあるもん。え？ 誰と比べているのかって？ 彼を知らなければ日本国民にあらずと言われる多崎つくるくんですよ（私は言いたくないけどなっ）。

一般教養として、やはり読んでおくかいとひもといた、村上春樹氏の新作『色彩を持たない多崎つくると、彼の巡礼の年』（文藝春秋刊）。実は、読み終わるまでに、ものすごく長い時間がかかってしまい、夫には、その本、そんなにゆっくり読んでるのエイミーだけじゃない？ なんて呆れられていたのだ。

でも、仕方ないんですよ。読んでも読んでも、どこにも共感はおろか、センス オブ ワンダーの欠片も見つけられないんですもの。それなのに、文芸誌などでは、私には、まったく理解不能な理由から誉めちぎられているみたい。この本と相性が悪いのって、私だけ？ 皆さん、教えて！ どうして、あの本のために行列を作ることが出来たんです!?

行列……それは、私には、まったく縁のないもの……と言いたいところだが、たった一度だけ、私も、はやりものを手に入れるために並んだことがあるのです。それは、西麻布交差点にオープンしたばかりのホブソンズのアイスクリーム！ 当時、あの界隈に住んでいる友達と、しょっ中近辺をぶらついて時間をつぶしていた私。ある日、突然出来た長蛇の列を見つけて、どうせ暇なんだから、話の種に並んでみるかいと意見が一致。トッピングの種類にきゃーきゃー言いながら、アイスに舌鼓を打ったのでした。味は、可もなく不可もなく、今考えると、何故、並んでまで食べたのかは全然解らない。たぶん、お店のイメージ戦略に乗せられたいいカモだったんでしょう。

しかーし！　アイスクリームと村上春樹さまは違ーう！　いち早く手に入れたいクールなアイテムとしての本。持っているだけでいかす。そして、それを話題にするだけで時代を先取りしたハイセンスな香りが漂う。そのためなら、行列の最後尾に着く手間も厭わない……はっ、今、私は、三十数年前のボートハウスのトレーナー（スウェットシャツのことね）を求める長い長い行列を思い出している。いえね、私の大学時代、行列とはまったく無縁に思えた青山のトラッドショップの前に、新作のトレーナーを求める若人（死語？）が列をなしていたんですわ。ああ、懐しのトレーナー、この呼び名自体がもう死語か。でも、どうして、ここで、ボートハウスなんか思い出すんだ、私。たぶん、どちらも理解出来ない行列だからでしょうね。

村上春樹氏の本を、私が茶化すことなく読んでいたのは『ノルウェイの森』の前まで。あれ以前は、女の存在感って、それほど大きくなかったと思う。だから、『ノルウェイ』で見事なまでに私の嫌いなタイプの女ばかりが登場して来た時は呆気に取られた。へー、そうなんだ、そんなに繊細なんだ、脆いんだ、じゃ、ちょっと試させて、ポカッ（想像上の対応）。と、まあ、こんな黒い意欲をこちらに湧かせて止まない女たち。確か『国境の南、太陽の西』にも出て来たよなあ。そして、そういう女たちに、主人公は、自分の行く末をゆだねる。

今回の新作に登場する三人の女も、私にとっては、ねえ、その言動いちいち癇に障るんですけど、の連続。女の風上にも置けないよ、と叱ってやりたいところだが、主人公のつくるくんが、広い心（？）で受け止めているらしいので、お呼びでない私は、すごすごと引っ込みますわ。

それにしても、つくるくんは、変な話し方をする。よく男性作家の小説に登場する男は、ホテルのフロントで「予約していた〇〇だ」と告げて、え？　そんな物言いあり？　と私を驚かせるが、あの種の話し方を連発する。「〜だ」という語尾を重ねて話を進めて行くのだが、何だか、アメリカドラマとかの吹き替えみたい。あ、そっか、翻訳されることをあらかじめ考えて言葉を選んでいるとのことだから当然なのか。でも、私には、日本の企業なのに社内の公用語を英語にした、どっかの会社みたいに不自然に思える。〈そういうことだ〉とか、会話で使う？　普通。

私が思う不自然な事柄の中でも一番の不自然と感じられるのは、つくるくんが訪ねて行った時の、かつての女友達のフィンランド人である夫の態度だ。まったく面識のなかった日本人の男を家に通しただけでなく、フランクリィに歓迎しているようにも見えない妻と二人きりにするために数時間出掛けちゃう。危機管理、どうなってるんだ！　ドンチュー　ネヴァ　エヴァ　リーヴハー　ウィズ　ア　ストレインジャー!!（英訳）色彩を持たないつくるくんだから良いとでも？

集英社のＣｏｃｏｈａｎａという雑誌で、田村由美さんが『イロメン〜十人十色〜』という漫画を連載しているのだが、これがもう、ほんっと愉快なの。

名前に必ず色を表わす文字が入った男たち（赤木とか黒仏とか灰谷とか）が、同じ社内でくり広げる、自分の色にこだわり過ぎる故のハプニングの数々。（ほぼ）全員がいい男なだけに、むきになる発言とのギャップに大笑い。実は、私、〈色彩を持たない〉多崎つくるくんをこの会社に研修に行かせたいと考えているんですよ。そしたら、人生観変わって、巡礼に終止符を打てると思うんですわ……なんて、ハルキストの皆さんを怒らせないよう、この辺で止めときます。
ポンちゃんにとって、それが美味であろうとなかろうと running into special things 4 happiness. あ、神戸南京町で豚まんに惹かれて並んだっけ……。

追記　施川ユウキさんはこの後『鬱ごはん』を含む三作品で手塚治虫文化賞短編賞を受賞。同時受賞の『オンノジ』『バーナード嬢曰く』もナイスです。

ポンちゃんの
変顔
コレクション
其の三
［食事編］
おにぎりを
手で食べる
おじさん

梅雨入り前のディスカヴァリー

一番下の姪が食品関係の会社に就職して、国立《くにたち》の某所に配属されたと聞き、早速、偵察に出向いた。伯母馬鹿の面目躍如である。

国立を訪れるのは、山口瞳さんの葬儀以来だから十八年ぶりのことになる。今回で三度目。初めての時も山口さんのお宅を訪ねたのだった。そして、その後、散歩を御一緒して、あちこち案内していただき、何軒かの行きつけのお店で、ごはんやお酒に舌鼓を打った。

当時の私は、横田基地近辺をうろうろする青梅線人種。そして、今、中野より向こう（新宿方面）には滅多に足を踏み入れない中央線人種（これを自認する人々は中野より都心方向を中央線として扱っていないのね）。どちらにとっても、国立は決して遠い街ではない……と、言いたいところだが、違うのである。降りる必然性がない限り、国立駅は、関わりを持つのが非常に難しい駅。山口さんがいらっしゃらなかったら、私は、たぶん、そこで降りることはなかったし、もう亡くなってしまった今となっては、ひとりの作家の方を思い出すよすがとしてだけの、遠い駅のように感じていたのである。あそこだけ、ぽっかりとハイソサエティなエリアみたいに浮いている印象もあったし。

しかーし、可愛い姪が働き始めたとあっては、そうも言っていられないのである。国立という街と親しい間柄になるべく、万全の態勢を整えることに決めた（姪にも国立にも、まったく望まれてはいないでしょうが）。

で、夫の仕事が休みの日、散歩好きの彼につき合ってもらって行って来ました。しかし、連絡もせずに突然立ち寄ったので、残念ながら姪の姿を見ることはなかった。周辺をしばらくうろうろしてみたが、過保護な伯母の存在というのも、この先の彼女の成長に支障を来たすかもしれないと、心を鬼にすることにした。夫が呆れたように、中で聞いてみたら？　と言っていたけど、もういいの。社会に出て、はばたいて行くがいいわっ！　そう手にしたハンケチを嚙み締めながら、喜びと共に一抹の寂しさに落涙する伯母なのであった……なーんて、ここ、絶対にハンカチではなくハンケチね。昔の女子のアイテムで、彼女たちは、悔しい時などに、真ん中へんを嚙んで、きーっと言いながらはしっこのレースの縁取りのあたりを引っ張っていたらしいのだが、本当だろうか。いえね、最近、レトロな装いが妙に気になっていますの。ペチコートの付いたワンピースとか、キャミソールではなくシュミーズとか。ああいうものが似合ったお嬢さんたちは、どんなおばあさんになったのだろうか、と思いを馳せる日々。ピーコさんからいただいた中原淳一の画集なんかをながめたりして。と、言うのも。

しばらく前に、ローラ　アシュレイっぽい小花模様のワンピースを着た、とっても素敵な白髪のおばあさんを見たのだった。足許は三つ折りにした白いソックスにストラップの付いたバレエシューズ。ジョン・レノンみたいな銀縁の丸眼鏡がなければ、ほとんど少女と同じ身なりである。それなのに、全然異和感がない、どころか、年齢が洋服の無垢を手玉に取っているような感じ。

すごく魅力的なのだ。こういうスタイルのおばあさんがいるであろうとは想像していたが、実際に目の当たりにすると、溜息が出る。誰にでも手が出せそうで、けれども、絶対にものに出来ない自分自身の包み方としての着こなし。最近、老女と呼ばれる年齢の女の人の、老いを少しもマイナス要因にしないファッションに目が止まって仕方ない。たぶん、自分が、そういう年齢に近付いて行っているせいだろう。

アンチエイジングなんて、ことさら掲げなくても、年齢を超越した人っているものだ。だいたい、どうしてエイジングに「アンチ」なんて付けなきゃならないの？　年齢《とし》を重ねて来たという事実を、もっと肯定的にとらえなきゃ、ようやく大人になった甲斐がないよ。と、早くおばあさんになりたい、そうなったら、どんなに楽だろう、と思い続けて来た私のような人間は、言いたくなるのである。アンチエイジングという価値観があるから、老残という言葉も生まれるのではないか。願わくば、この先、どちらとも無縁でありたい。おばあさんの余裕で、心の中の暴れん坊を飼い慣らして行きたいものだ。

そう言えば、少し前に出版された岸惠子さんの恋愛小説『わりなき恋』（幻冬舎刊）が、反響を巻き起こしている。国際的なドキュメンタリー作家である六十九歳の女と大企業のトップマネジメントの五十八歳の男との、足掛け七年にわたる恋の物語。その年齢の男女が恋の恍惚に身も心もゆだねられるのか、と多くの人を動揺させたようだが、その年齢だからこその恋の至極がよく描かれていたと思う。本当の意味であとさきがないからこそ、〈わりなき恋〉に飛び込める実力のようなものが。年齢《とし》は取ってみるもんだねえ……と、自分にとっても未知な世界であるにもかかわらず、腕組みをしながら、まるで、したり顔の御隠居さんのように頷いてしまった私である。

そうだ！　これから、アラウンド60、70歳の人々が恋にかまけるパワーを「わりなき恋愛力」って呼ぼうっと。ちなみに、〈わりなき〉の〈わり〉は〈理《わり》〉のこと。ここでは理屈や分別を超えて、どうしようもない恋のことを〈わりなき恋〉と定義付けている。どうにもならない、苦しくて耐えがたい焔のような恋のことだと。古今和歌集の中で、清少納言のひいおじいさんが詠んでいる歌に登場するそうだ。

ある日、昼のTV番組で、岸惠子さんが、この本に関してのインタヴューを受けていた。その時、インタヴューアーの山本晋也監督がこう尋ねた。

「フランス人の方と離婚なさった後も、ずっとおひとりでパリに住み続けていらっしゃった。さぞかし、誘惑が多かったんじゃああありませんか？」

するると、岸さんが、悪戯っぽく笑って答えたことには、

「えーえ、わたくし、ぜーんぶ乗りましたよ」

……ひゃー、岸惠子、格好良過ぎ！　TVの前で、私、思わず外国男のように口笛を吹きたくなりました。アラウンド　エイティ？　そのくらいの御年で、こんなに格好良くいられるって、どういうこと？　あんまり国の違いとかは持ち出したくないんだけど、日本人にはいないタイプ。

昔、女という人種の中には、特別にフランス女というジャンルがある、という文章を読んだことがあるけど、彼女は、そこに入る人なんだろうなあ。それもパリの水に洗われて来たという……いや、あそこの水って超硬水で、毎日シャンプーすると針金みたいにバリバリになるのだが……私なんか、起き抜けは、いつも髪の毛を逆立てて怒るゴーゴンみたいになるのが常なのだが……ま、たとえってことで。

しかし。まあ！　私にも〈わりなき恋〉の季節がやって来るのだわ、と普通のおばあちゃんは思わないだろう。それもありかも、と人々を頷かせるのは、岸惠子さんだからこそ、なのだ。

ここのところ、芥川賞を七十五歳の最年長で受賞した黒田夏子さんや、八十歳でエベレスト登頂に成功した三浦雄一郎さんなど、スーパーパワーの高齢者の方々が続出して、ちまたの同年代に元気を与えている。しかし、それと同時に、勘違いの御年寄も増えているようなのだ。

黒田さんの芥川賞受賞が発表されるやいなや、私の友人の編集者のところに母親から電話がかかって来たそうである。いわく、

「私もそろそろ何か書いてみようかしらねえ……」

頭、抱えたくなったよ、もう！　というのは、息子であるその編集者の弁だが、あちこちで似たようなことが起っていたことは想像に難くない。いえね、希望を抱いてトライすることに年齢制限なんて、もちろんないんです。でも、先にあげた御三方は、それぞれに長ーいトレーニングを積んで来たスペシャリストなんですから。自分と同じように考えては駄目。ほれ、そこのおじいさん。突然、富士山に登ろうとか考えないように。せめて、高尾山、いえ、まずは井の頭公園に行って、御殿山《ごてんやま》から始めなさい。

ところで、話は国立に戻るが、駅から続く大学通りの綺麗さにびっくり。姪の顔を見るのを諦めた私たちは、頭の中を散策モードに切り替えて、歩く、歩く。知～らな～い～ま～ち～を歩いて～み～た～い～、と日曜の朝のTV番組の気分で、てくてく歩いた。子供の頃、あの歌を耳にしただけで、心細くて泣きたくなったのは転校生だったせいか。大人になった今、もちろんそこまでは思わないが、やはり、センティメンタルな気分と共にあのフレーズは甦る。そういう昔の

歌はいくつかあって、その静かなエナジーは、私を驚かせる。たとえば、生まれる前の歌だが「雪の降るまちを」とか。激しく降り続ける雪を見ていると、私は、必ず、札幌に住んでいた幼ない頃の窓の外の情景と共に、あの歌を思い出すのである。ニューヨークで大雪に見舞われた時もそうだった。決して、「雪やこんこ～　あられや～」ではないのが不思議。基本、心にマイナー・キーのメロディが流れている暗い奴なのかも。そういや、私、明るい曲調の歌って、どんなジャンルでも、あんまり好きじゃないや。

それはともかく、国立初心者の目に映る大学通りは緑にあふれていた。その木々の繁るさまは、ごく無造作に見えたが、本当は、とっても手間とお金をかけたのだろうことが見て取れた。私の住む武蔵野市にも、そういうエリアはある。放って置かれるままにワイルドな雑木林の様相を呈している場所と見せかけて、実は、保護区だったりして。それらの景色を見るたびに都会だなあ、と思う。わざわざ緑化地区を作るなんて、私の実家あたりでは考えられないことだ。宇都宮の山田家から三十分も車で走れば、もう見渡す限り、ボーン　トゥ　ビー　グリーンの土地が広がっている。「緑化」が贅沢であるなんて、誰も思いもしないだろう。東京のある種の街で、お嬢さんがわざわざ粗野な振る舞いをするのにも似た景色を、私は、たびたび目にすることが出来る。

それにしても、こんなにも整った街にある大学で学ぶって、どんな感じなんだろう。一橋大学を横目で見て通り過ぎながら思った。構内を歩くだけで森林浴が出来そうではないか。私が途中まで通った明治大学なんて、当時はキャンパス自体がないも同然で排気ガスに満ちていた。そんな空気を吸い続けることに耐えられなくて、病弱な私は中退したのだったわ（大嘘）。

私だってさー、こういう文教の香り漂う学舎《まなびや》に通っていれば、もっと、清々しい人間になっていたかも解んないよ。あんなマージャン牌の音と煙草のけむりがシェイクされた部室でやけっぱちになったりしないでさ。そう、高校時代に男女交際にうつつを抜かしたりしないで、しっかりと勉学に励んでいたら、この大学を出て、ひとかどの人物になれたかもしれないのだ。石原慎太郎氏とか、田中康夫ちゃんとか……白川道さんとかみたいに……あー、やっぱ、いいです。私、一橋大学のようなりっぱなところは性に合わないみたいです。それにマイク・モラスキー（知人。サントリー学芸賞受賞の文筆家にして、ジャズピアニストにして、一橋大学教授にして、ものすごくマナーにうるさい居酒屋愛好家）みたいな人の生徒になったりしたら、居ずまいを正し過ぎて、背骨を痛めるに決まってるし。

私たちは、長い時間をかけて歩き、ヴィジターとしての国立の街を存分に楽しんだ。何だかんだ言っても、清潔な街は、やっぱ、いいね。汚れが味になる街とは、また別の魅力がある。そんなことを感じながら、裏道の飲み屋などに探りを入れていると、突然の雨。学食のような店に飛び込んで、ワインとパスタの早目の夕食を取りながら、本日の収穫について夫と語り合う。散歩の締めに一杯やる時、私たちは、いつもそうする。収穫ったって、たいした成果のことじゃない。だいたいそれは目に見えないし、他の人には何の価値もない。私たちだけに楽しみとして与えられるちっぽけなもの。それらが記憶として宝箱に入れられ、やがて思い出にと形を変える。

帰りの電車に乗る前に、駅の脇道を入った所にある「ロージナ茶房」に立ち寄った。一番最初に山口瞳さんに連れて来ていただいた時の記憶が、そこでも頼んだワインの酔いの中で、姿を現わす。そういや、銀座でばったりお会いするのとは、感じが違っていらしたな、なんて。もう懐しい思い出となったそれは、長い年月によって、優しく捏造されている筈で、だから、なおのこと、いっそういとおしい。あ、もしかしたら、散歩の楽しみを引き立てるのに重要なのは、T．P．O．(time, place, occasion) ならぬT．P．N．なのかも。〝N〟は、ノスタルジアの頭文字。たとえ初めて訪れた場所だとしても、大人は、その印象を独自のノスタルジアにつなげずにはいられない。そこが若者の冒険とは違うところだ。小さな冒険、大きな冒険、その両方を代る長い時間かけて積み重ねた末の、追憶のミルフィーユみたいなもの。それを人生の終わりに頰ばるのは自分自身だ。願わくば、ああ、旨かった、と満足の溜息をついて目を閉じたい。

近頃、寄る年波のせいか、プチ・ディスカヴァー　ジャパンの気概に満ちている私だ。道に捨て置かれているように見えるちっちゃな御地蔵さんにだって目を止めて、しばし感慨に浸ってみる。はー、しみじみ。ここで、ちょっとだけ、昔、おれもワルやっててよー、とバイクを磨きながら遠い目をする元不良の心境になるのね。あ、近頃、この「ワル」の代わりに「やんちゃ」を当てはめて、昔の悪事をちゃらにしようとする輩がいるが、私は許しませんよっ！　そういう場合の「やんちゃ」は、犯罪を都合良く誤魔化すための用語。英語で言うところの「ノーティ“naughty”」が意味する行状以外、使うのは許しません！（山田法。一九八五年に制定されたが、熱ポン国以外での効力なし、とほほ）

さて、プチ・ディスカヴァーをスローガンに掲げた私は、自分の住む武蔵野市近辺のリサーチにも余念がない。この間見つけた『これでいいのか東京都武蔵野市三鷹市』というおもしろムックを読んでいてびっくり。何と、井の頭公園の池の鯉が、実は「野良」だったというのだ。大事に飼われていると、ほとんどの人々が思っていると推測するが、実は、水質汚染の原因なのに駆除する訳にも行かず、公園側は頭を悩ませているとか。へー、御近所にも驚きがいっぱいだ！

ポンちゃんにとって、土地を知るとはhaving quick reflexes 4 love. あ、心の内なるマイナー・キー仕様の歌って、日本語訳された歌詞のロシア民謡にも多くないですか。「黒い瞳」とか「ともしび」とか「島田雅彦」とか……。

追記　このしばらく後『わりなき恋』の文庫版解説を書くことになろうとは！　思ってもみなかったことでした。

虫の知らせに一喜一憂

今、一番恐怖を覚えるのは、ピーマンとかパプリカの種。料理を作る人ならご存じだろうが、へたのあたりから、クリーム色の小さな種がブドウ球菌状に、いや、ぶどうの房のように、びっしりと付いている。うわーっ、やだやだ、とそれを目にするたびに大急ぎでむしり取って、すみやかに捨てるのね。え？ 素人料理人を気取っているくせに、なんとへなちょこな？ だってさー、虫の卵にああいう形状のってないですか？ 野菜の種子だと認識して扱っているから、皆、平気なだけで、あれがガラス戸の桟《さん》とかに置かれてみ、少なからぬ人々が総毛立つ筈である。え？ そんなことない？ じゃあ、海ぶどうならどうよ……と、意味なく挑戦的な気分になる山田です。

毎年、暑い季節がやってくると、虫への恐怖を書き綴らずにはいられない私。有機野菜は食いたし、虫は恐ろし……食生活におけるジレンマの時期でもある。こんな弱虫なこと言っていたら、角田光代さんやよしもとばななちゃんに笑われてしまいそうだ。だって、お二人共、エッセイで、昔はともかく今は虫なんてまったく気にならない、というようなことを書いてるんだもん。生命力の味を最優先する人たち。それに比べて、私と来たら……。

虫も苦手だけど、虫の卵はもっと嫌。この間も、スーパーの棚にあった青梗菜《チンゲンサイ》を手に取ったら、葉の裏にびっしりと卵が付着していた。そこで、突然甦る幼ない頃の記憶。

あれは、夏の暑い日だった。自分たちの背丈よりも高い草の繁る社宅内の原っぱで、日がないち日遊び尽くした後の夕暮れ。私と妹は手をつないで家に帰った。異変が起ったのは、手を洗って、アイスか何かを食べていた時のこと。妹が、背中が痛痒いと言ってぐずり出したのである。やーね、何かにかぶれたんじゃないの？　と母が彼女の衣服、下着、と順に脱がそうとした。すると、下着の一部が背中にくっ付いたままになっている。あらー、何これー、と言いながら、母が勢い良く、べりべりっと剝がすと、ああーっ、そこには虫の卵がびっしり！　遊んでいる最中に産み付けられてしまったらしい。

私は、今でもはっきりとあの光景を思い出すことが出来る。悲鳴を上げて下着を捨てに行く母。叫びながら子供部屋に逃げ込む私。自分の身に何事かが起ったのを知り泣きわめく妹……阿鼻叫喚。

今では、母も妹も笑って、その話をするのね。二人共、すっかりたくましくなっちゃったのね。私は、今でも思い出すだけで鳥肌が立つというのに。いや、昔以上に、虫関係に関しては臆病になっているというのに。

虫の卵に似たものは、世の中あちこちにあるが、それがそうではないとあらかじめ認識していれば、全然問題ない。キャビアとか、グラスに付いた水滴とか、胡麻とか。ところが、ある瞬間にスウィッチが入って、虫の卵のイメージが重なってしまう場合があるのね。この間、初めて小粒黒豆納豆をかき混ぜていた時がそうだった。段々と粘り気が出て来るのを見ていたら、何だかいやーな気持になって来た。文字通り黒豆納豆は真っ黒である。しかし、粘る部分は白に近いクリーム色。こういうのって、ジャングルとかにいる虫や爬虫類の卵になかったっけ？「生きもの地球紀行」とか、「ダーウィンが来た！」とかに登場してなかったっけ？ なんて思ってしまったのだ。

うーむ。その瞬間、逡巡した私であったが、これは食べ物である、というスウィッチを入れ直して口に運んでみた。すると、美味ではないか！ 黒豆さん、ごめんなさーい、とばかりに、ぱくぱくと一気に食べた。でも、やはり、そのルックスは、私にとっては好ましいものではなく、なるべく見ないようにして完食したのであった。不思議だなー、普通の納豆なら何も感じないのに。

そういや、昔、タイで、バンコクの外れの当時一番はやっていたスタイリッシュレストランに連れて行ってもらった時のこと。前菜に「バジルシードのスープ仕立て」というのがサーヴされた。これが……まるっきり、蛙の卵と同じ見た目なのだ。にゅるにゅるとしたゼラチン質の中に、びっしりと並ぶ黒胡麻みたいな種……。

この時は、私だけでなく、同席していた誰もが、池の中で紐状になって渦巻いているあれを思い出して尻込みをしていた。隣の女性など、あからさまに、見たくないという意思表示をしてボウルを遠ざけていた。私は、と言えば、これは蓴菜《じゅんさい》の種類である、と自己暗示をかけて、ずるずるっと飲んでしまった。美味でもなく、まずくもなく。どうして、これが食材として必要とされているのかが、まったく解らなかった。レゾンデートル、まるでなし。やはりバジルは種でなく、葉を食すもの。あー、トマトとモッツァレラに山ほど散らして、オリーヴオイルを振りかけて、カプレーゼにして食べたい！　よし、今日のアンティパストはこれで決まりだ！

このバジルシード、『ファッションフード、あります。—はやりの食べ物クロニクル　1970−2010』（畑中三応子著　紀伊國屋書店刊）によると、一九九四年に女子高生の間で流行した、とある。いったい何故？　全然知らなかったよ。この本の作者は私と同年代らしく、経験して来た食べ物の種類が、まったく同じ。特に、バブル時代の雑誌業界を知る者としては、そうそう、こうやってブーム作ったんだよね、とにんまり、と同時に激しく赤面。えーえ、私も行きましたよ、クラブ・ワルシャワ。直木賞受賞の知らせは六本木トゥーリアでシャンパン片手に聞きました。そして、今でも大好きです、ティラミス！　という感じで、食の流行や外食文化の変遷を、楽しみと揶揄の両方をもって受け入れて来た者には、とても懐しく、そして、ちょっぴり恥ずかしい本なのである。

ところで、話は虫に戻るが、いったい私は、いつから虫がこんなに苦手になってしまったのだろうか。幼ない頃は今ほどではなかった筈だ。東京生まれとは言え田舎育ちであるから、一歩家から出れば虫だらけであった。いや、家の中だって恰好の虫の住家だった。

薄暗がりの座敷を走り抜ける際に何かを踏み付けたのを感じて、後で見たら、剛毛の生えた蜘蛛の脚だけ落ちてたり（床の間の壁に脚の一本足りない巨大蜘蛛が、しばらくの間、名残り惜し気に（？）張り付いていた）、冬、暖を求めたのか炬燵の中に入り込んでいた百足《むかで》に刺され、手がグローブみたいに腫れ上がったり、二十センチはありそうな殻なしの蝸牛《でんでんむし》が襖の敷居を這っていたり（明らかにナメクジとは違う存在感）、いったいどんな家なんだよ、と言われるくらいに虫体験には事欠かなかったのである。ええ、年中「ウルトラQ」な家でした。今、あれらの場面を頭に思い浮かべるだけで身悶えしたくなるくらいに恐ろしいが、子供の頃は、たいして怖いとも感じなかった。バッタ捕りとか、よくしたし。ああ、大人になって失うものは、虫に対する抵抗力なのか。

いや、だからと言って、今現在すべての虫を嫌悪している訳ではない。今年もまた久我山《くがやま》のホタル祭りに行って、蛍の光を楽しんで来たし。そう、これは誰しも同じだと思うが、自分なりの害虫とそうでないものがあるのね。

ここでもう何度も書いているが、私の最大の天敵は蝶と蛾。蛾に関しては、ほとんどの人の理解を得られるのだが、蝶に関しては、皆、首を傾げる。何故、あんな美しいものを、と。そう感じる人々がほとんどのようで、美しくあるべきもの（アクセサリーとか、スカーフとか洋服の生地、果ては家電まで）のモチーフに使われることの多いこと。

そうなの？　そうですか？　そんなに蝶は美の象徴ですか？　うおーっ、と叫び出したくなる漫画を、今、私は思い出している。確か、私が高校に入った頃に「マーガレット」で連載されていた筈。その題名は『蝶よ美しく舞え！』。菊川近子によるファッションデザイナー物語である。うろ覚えだが、ひとつのエピソードだけは、今も強烈に記憶に残っているの。ファッション界の女王が、ライヴァル視する主人公にとどめを刺すために取る、ある秘策。それは何かというと、どっかの国から採集して来た生きたままの蝶を布に置き、その上からアイロンをじゅっと押し当てる。すると、ゴージャスな蝶たちが布地に定着される。で、それを使ってドレスに仕立て上げるのね。そして、そのコレクションが御披露目され、主人公は絶望する。ああ、私には、これほどまでの美は表現出来ない、とか何とか……って、ほんまかいなーって、話。これを読んだ時、私、気が狂いそうになりました。アイロンの熱でもがく蝶が、もう悲惨で気持悪くって。

でも、私の蝶嫌いは、そこから始まっている訳ではない。小学校の時、何故かいつも私の目の前で蝶の羽をちぎる少年がいたのだ。嫌がらせ、という感じでもなかった。むしろ、得意気な様子で見せびらかすのである。今思い出すに、何か性的なニュアンスがあったようにも受け取れる。雄としての歪んだ自己顕示みたいな。私は、まんまとその思惑に乗せられたのだと思う。怖くてたまらないのに、まばたきもせずに見開いた目を離すことが出来なかったのだから。ちぎれた羽はひらひらと風に舞い、残された少年の指の腹には、蝶の鱗粉が模様のままに型押しされていた。

たぶん、そのあたりからじゃないか、と推測するのね、私の蝶嫌い。でも私、『蝶々の纏足』とか『唇から蝶』とか、蝶をメタファーに使ったり、幻想的な演出に用いたりした小説を書いたせいで、しばらく前までは、よく蝶モチーフの小物をいただきました。お心づかいなので今でも大切に保管してあります。バタフライ　ラヴァーの人がうちにいらしたら、ぜひ、お見せしたいと思う。

そうだ！　バタフライ　ラヴァーと言えば、マライア・キャリー。彼女のシンボルなのかな、いつもバタフライ　アイテムを身に着けている。この間終了した、「アメリカン・アイドル」の新シーズンで審査員を務めた彼女。あの時も指輪やブレスレットに蝶々が輝いていた。きっと姫の必須アイテムなのね。

マライアを始め、今回の「アメアイ」は、出場者よりも審査員を見ている方がおもしろかった。他に、おなじみランディ・ジャクソン、女性ラッパーのニッキー・ミナージュ、カントリー歌手で、ニコール・キッドマンの夫であるキース・アーバン。

ニッキーが、あまりにもディーヴァ然としたマライアに腹を立てて出て行ってしまったり、全員がスタンディング・オベーションする際、マライアだけドレスがきつ過ぎて立てなかったり、キースがフロアにひれ伏して出場者を称えたり、と見所がいっぱいだった。私は、毎回、ニッキーのファッションに目が釘付け。すっかり影響を受けて、伸ばしかけていた前髪をぱっつんと切り、イメージは麗子像？　と誤解され、さらに口紅の色も、うんと発色の良いものに変えて、目標は草間彌生？　と勘違いされるまでに。きーっ、これからも年甲斐もなくチャレンジして行くつもりよっ。年寄の冷水という新しい遊びを開拓して行く所存の私。温かく見守っていただければ幸いです（嘘。私は、このコメントを出す、すべての芸能人を忌み嫌っている。温かくなくていいから）。

に、しても、だ。キース・アーバンって、何だって、あんなにさわやかで格好良いの？　そのまんま、吉田秋生さんの漫画の世界に入って行けそうではないか。『カリフォルニア物語』でヒースの代わりに走っても良し。『BANANA　FISH』で、アッシュの相棒としてニューヨークシティを練り歩いても良し。

ハリウッドの大女優の夫だというのに、常に洗いざらしの伸びたTシャツに、穿き古して色褪せたジーンズ。そして、何の企みもないであろう澄んだ青い瞳と、いつも風に吹かれているような、さらさらの金髪。キュートなオーストラリア訛りで発せられるのは、まったく嫌みのない感想と出場者への励まし。きゃーっ、完璧！……完璧過ぎて、嘘臭ーい！

ほほほ、私の目は誤魔化せないわよっ、そのチープに見えるアウトフィット、実はヴィンテージのすごーくお高いマニア向けの商品でしょ？　それに、こんな大舞台でも自然体で振舞っちゃうナイスガイなオレ、そう自認しているわね。そこに、トゥデイをトゥダイなんて発音しちゃう素朴なオージーのオレ、も付け加えて、親しみ易さも演出しているんじゃない？　トム・クルーズと張り合おうなんてとんでもない。でも、ニコールが気兼なしにハイヒールを履けるようになったのはラッキーだったね……と嗤っている筈よっ。私は引っ掛からないからね。ええい、正体を現さんか！

……と、思って調べてみたら、この人、結構、苦労人みたいです。十五歳で学校を辞めて音楽業界に身を投じ、最初のアルバムがオーストラリアでNo．1になるも、アメリカに移って来てからは、かなりハードな薬物中毒でナッシュビルの更生施設に入り、最悪の状態だったようだ。ふーん、そうだったのか。キース、あなたの屈託のない笑顔は地獄を見た人のそれだったのね。もういい、もういいよ、キース、あなたに免じて、カントリーミュージックって、白人の田舎っぺ以外、誰が聴くっていうのー？　なんて馬鹿にするの、止めるから。実力派のカントリー歌手であるシェリー・ライトがレズビアンをカムアウトした際に、追放騒ぎを起した心のせまい業界は本当にけしからん！　と怒ったことも忘れてあげる。グアムのアンダセン基地で、クラブのカントリーナイトに間違って迷い込んでしまった私と黒人のボーイフレンドへの、人々の冷たい仕打ちも水に流してあげるわ……って、単にカントリーミュージックが性に合わないって話か。キース、とばっちり。

ところで、今、私は、『宅間守　精神鑑定書』（岡江晃著　亜紀書房刊）という本を読んでいて、病気の範疇に入れられない人間のすさまじさを思い、暗澹たる気分になっている。で、どうにか癒されようと、本棚からピックアップして口直し的に並行して読み返しているのが『玉子　ふわふわ』（早川茉莉編　ちくま文庫）である。これは、玉子料理を中心とした食べ物エッセイのアンソロジー。あー、なごむー、と優しい気持を取り戻して、ふと、気付いてしまった。もし、この「玉子」が「卵」だったら……「卵　ふわふわ」……いやーっ!!　絶対、何か変な虫が孵化してるーっ!!!

ポンちゃんにとって、虫たちとの攻防は、gotta get over obstacles in my funky way. 今、広辞苑を引いてみたら、虫には、愛人、情夫、隠し男の意味もあるそうな。そっか、悪い虫が付いたとか言うもんね。まあ、これは許そう。

真夏の自分仕込み

初トライした水キムチ作りに成功し、すっかり気を良くしている山田です。実はずい分前に、唐辛子で赤くした白菜のレギュラーキムチに挑戦して、大失敗したことがあったのね。自分の味覚を過信し、勝手に成分分析して適当に漬け込んだんだけど、アミの塩辛の入れ過ぎで、ものすごくしょっぱく、しかも発酵の進み具合が強烈で、いつも表面の汁にもやもやした得体の知れないもんが浮いている状態。大量に仕込んじゃったので、捨てるに忍びなく、水で洗い流しながら食べていたのだが、途中、ほんっと嫌になって、やっぱり処分しちゃった。

そんな暗い過去があったので、今回はちゃーんと、雑誌に載っていたレシピに忠実に作りました。すると、発酵を待って味見した瞬間の美味なこと！　あの赤いキムチとは全然別なおいしさ。乳酸菌たっぷりのフレッシュな浅漬という感じ。

韓国では、必ずその家のレシピによるものが冷蔵庫に常備されているそうだ。夏バテや宿酔の時の必需品で、汁までごくごく飲むのが正しい食し方だとか。で、私も、それにならって、食事のたびに、冷え冷えのやつをカフェ・オ・レ　ボウルに必ず一杯。すると、本当に体じゅうに正しいものが染み渡る感じがある。日本の糠漬をこの量食べるのはとても無理だし、塩分過多になるだろう。けれども、水キムチは、体の中を楽にすいすい泳いで行くよう。偉い！　偉いよ、水キムチ！　という訳で、大きな密閉容器に入れられたそれが、我家の冷蔵庫のかなりのスペースを占領することとなったのである。

糠漬を家でこしらえている人が、よく糠味噌を生き物にたとえたりするが、その気持がちょっぴり解った。私も、毎日、密閉容器を開けて、中の物をかき回す時、野菜の色の変化が生きているみたいに感じられて嬉しくなるの。わ、育ってるじゃん！　って感じ。特に、発酵の手助けに欠かせない皮付き林檎。いかにも果物然としたあの赤い皮の色が完全に抜けた時、野菜に変身するのね。一緒に漬けた胡瓜やセロリなんかと一体化する。それを確認すると、うーむ、早いとこ、このステージに幕を降ろさなきゃ、という気になる。つまり、さっさと片付けないと、単なる古漬けになっちゃうよ、とあせるのね。水キムチは、絶妙な新鮮味と発酵の兼ね合いが命。さあ食べよう、飲もう！　そして、次のステージに備えよう！　でも、きっと、その内、飽きるんだろうな。

私って、気に入った食べ物をしつこく追求して、ある日、憑き物が落ちたように興味を失くす。今のように二人暮らしであれば、片寄らない献立をなるべく心掛けたりするが、ひとり暮らしの時なんて、食についてのあれこれがエンターテインメントに直結していたから、ふざけた実験をしたり、〇〇の達人になる、と決意して、あの手この手を使って、その〇〇をアレンジし続けたりしていた（例、ゼリー寄せ。あらゆる食材をゼリーで固めて新境地を開いた気になっていたが、残り物のなめこの味噌汁を固めた末に、ひどい代物をこしらえ、ようやく中止に）。

夫は、時分時でもないのに、しょっ中台所にいる私を見かけて尋ねる。

「あれ？　今度は何やってんの？」

「仕込んでるんだよ」

何度尋ねても、私がこの答えを返すので、彼は、つくづく呆れたように言った。

「エイミーは、仕込みの子だねえ……」

それで、今、家庭内における私のキャッチフレーズは「仕込みの子」に。

私の行動が奇異なのか、突拍子もないのか、いちいちそれに反応して、夫は、キャッチフレーズを付けようとするのである。これまでに、私に与えられたものと言えば、

「空前絶後の奥さん」

「前人未踏の奥さん」

「前代未聞の奥さん」

などなど。そして、この間など、ついに、

「驚天動地の奥さん」

とまで。……もはや、それって、人間の域を越えてるんじゃないの？

そして、今、私は、地味ーな「仕込みの子」。なんか、昔の小説にあった「女中っ子」みたいな……いや、花登筺《はなとこばこ》の小説の中でお豆腐作っていそうな……ついでに、おからの水切りしながら、「笑ろてもかまいまへん」とか言っていそうな……そんな感じ？　子供の頃、父が買って来る週刊誌に載っていたあの連載（『おからの華』）、盗み読みするのを、いつも楽しみにしてたんだよなー。うろ覚えだが〈絹漉しの女より木綿の女〉みたいなフレーズがあってどきどきしたものだ。女を豆腐にたとえるってとこが、何とも言えず、いなせな感じだというのが、子供心にも解った

のだろう。

その連載小説は、中学の終わりだったか、高校に入った頃だったか、中村玉緒主演でTVドラマ化された。それを見て、改めて豆腐の製造工程を知り、ふーん、と不服に思った。実は私、小学校の頃、既に豆腐作りにチャレンジして挫折していたのね。

数年前その長い歴史に幕を降したらしいが、私たちの小学生時代にも、雑誌「科学」と「学習」というのは人気で、希望者は学校経由で定期購読していた。

私は、その付録に心惹かれて「科学」を取ってもらっていた。で、ある時付いて来たのが「豆腐作りキット」だったのね。何か変な粉とか色々ミックスして容器に入れて固めるというものだったが、手順を間違えたのか、私の仕込んだ豆腐は、いつまでたってもただの黒ずんだどろどろ。「黒ずんだ」って段階で、たぶん決定的なミスを犯しているに違いないのだが、私には訳が解らず、ただ途方に暮れた。それだけならまだしも、夕食のおかずの材料として、その豆腐を当てにしていた母が癇癪を起こして責め立てたのである。「科学」なんか取るの、お金の無駄なんじゃないのお!? とか何とか。針のむしろに座らされた、憐れな「失敗した仕込みの子」になった私。

でもさー、本当に、あのキットで豆腐を完成させた子っているの? もしかしたら豆乳ににがりを入れただけで良かったんじゃないの? 『おからの華』みたいに、人生かけようってんじゃないんだから、もっとシンプルに、即、食べられるよう指導してくれても良かったんじゃないの? いい
実は、別な号では、パン作りキットなるものも付録で付いてきて、そっちでも私は失敗しているのね。酵母菌で発酵させて膨ませた生地を、当時はオーヴンのない家がほとんどであったから、蒸し器に入れて完成させるというもの。父のゴルフ帰りのお土産である、ゴルフボール型のチョ

コレートを生地で包んで蒸し上げたそれは、本で読んだことのあるフランスのパン・オ・ショコラよりも香り高い朝食の友となる筈……だったのだが、どうやっても、歯が立たない石膏みたいな蒸しパンもどきにしかならなかった。しかも、これも黒ずんだへーんな色。チョコレートは流れ出して、鍋にへばり付いちゃってるし。あの時も私、母に言われたのだ。お金の無駄なんじゃないのお!?　って。まあ、私の作り方に致命的なミスがあったに違いないんだけどさ、でも、絶対に失敗しないレシピを付録にしてくれても良かったんじゃないの？　妹にはチョコレート、チョコレートと言って泣かれるしさ……。

と、四十五年以上も前の付録を持ち出されて、今さら、いちゃもん付けられてる「科学」編集部だった皆さん、ごめんなさい。本当は、私、「科学」が大好きで、学校からの帰り道、皆と家に着くまで待てずに、道草を食ってパッケイジを開けていたの。「学習」の子もいて、同じようにしていたけれど、こちらは、あまり興味を持たれていなかったみたい。

私の子供の頃は、高度成長期とはいえ、地方はまだまだ貧しくて、教育の一環とは言え、余計な雑誌を買えない家も沢山あった。幼ないながら、その辺の事情を察している子たちは多くて、だから親に叱られるのが解っていても、帰り道で開いて、皆で情報を共有しようとしていたところもあったかも。子供ながらの互助精神みたいなもの？　雑誌を見せてもらった子たちは、別なことに関する知識のあれこれを、提供していた。

もちろん、中には、自分の家の金持ぶりを吹聴する嫌なガキもいた。でも、そんな子供からも学ぶことはあったような気がする。この先、世の中にこういう奴がいっぱい待ち受けていて理不尽な思いをさせられることも多いのだろうな、と推測したりして。

山田んちは、すごいぼろ家だぞう、と大声で言って回った××くん、どうしているかなあ。私の家が、ぼろなのは仕方がなかったの。だって、明治に建てられた社宅なんだもん。言っても詮ないことをわざわざ口に出して人を傷付けようとする人間が存在すること、私は、きみによって初めて学んだよ。そして、きみが、ただの予備軍のひとりでしかなかったこともね。学ばせてくれて、ありがとう、と言うべき？　まさか。

転校して来たばかりで友達のいない私のところにやって来て、自分がいかに皆に好かれているかをどうにかして知らしめようと必死になっていた△△子ちゃんという女の子もいたわね。誰々さんも誰々さんも、みいんな△△子のことが好きなのね、とか意味不明のアピールを散々した後、でも、みいんな山田さんとは遊びたくないいんだって、だと。実は、あんたの言う「みいんな」とは、私も遊びたくなかったんだよ。ふんっ。あの子のおかげで、私は、友達の定義を早い内に書き替えることが出来たような気がする。これまた、お礼を言うべき？　まさか。私は、今でも、友達の多さを自慢する人が大の苦手だ。本当に好かれる人間が、好かれてる自慢などするものか。

これは、昔、この熱ポンでも書いたことのあるエピソードだが、バリ島のショッピングセンターで、この△△子のフルネームが日本語でアナウンスされたことがある。私は、それが、あの当人なのかを確めたくて、案内所に飛んで行きかけ、妹に阻止された。それだけ、コントロール不能の強い感情を抱え続けて来たということだ。まったく別な意味での「仕込みの子」だったという訳。今も変わらないその部分が、私を小説家たらしめているのはいなめない。仕込んでおいた感情を長い年月の間に醸造させ、いざという時に蓋を開けて匂い立たせるのなどお手のものだ。でも、普段は忘れている。忘れたふりをしている。江國香織さんの小説ではないが、「思いわずらうことなく愉しく生きよ」という知恵である。水キムチ仕込んで一喜一憂していた方が断然楽しいし。

それにしても、あの幼ない頃に、雑誌を買わないのと買えないのは違うと悟ることが出来たのは、とても重要だったと思う。今の子供たちのように、あらかじめ御膳立てされた平等を与えられていては、本物の平等不平等の区別もつかなくなるだろう。やがて、ままならない現実を突き付けられた時、それに対処するためのスキルを磨かないで来てしまったことに後悔するだろう。あるいは、それもしないまま、人を妬んだりして。世の中は、そもそも、あらゆる不平等に満ちているのに。

なあんてことを、夕暮れ、道端に座り込んで、「スプーン」（西荻窪の美味なるフレンチカレーのお店）のカレーをかき込みながら考えてみました。そぞろ歩くお嬢さん方の浴衣姿にも、不平等さが垣間見られたので。

実は、ある休日の夕方から夜にかけて、「西荻おわら風の舞」という祭りがあり、我家の近所の通りをおわら踊りの人々が流して歩くと聞き、見物に出向いたのだ。

これは、富山県富山市の八尾町で毎年九月の始めに催される、有名な「越中おわら風の盆」という祭りを西荻に持って来たもの。今年で二回目だという。

街のあちこちにポスターが貼ってあったので、私は、その日を心待ちにしていた……などと言うと、いかにも祭りに造詣が深いようだが、全然そんなことはない。ある漫画を読むまで、「おわら」の「お」の字も知らなかったのだから。

その漫画とは『月影ベイベ』（小玉ユキ作　小学館フラワーコミックスα）。小玉ユキさんと言えば、一九六〇年代終わりの長崎を舞台にした高校生たちの物語、『坂道のアポロン』の作者。スタンダードジャズの流れる中、まさに青春としか呼べないある時期を過ごした地方の少年少女たちの甘苦いドラマが展開する、本当に良い漫画だった。考えてみたら、時代的にも場所的にもあの漫画の中に、『69（シクスティナイン）』を書いた村上龍さんが登場してもおかしくないんだよなあ……うわーっ、そしたら、あの漫画のさわやかさがいっきに……（以下自粛）。

今度の『月影ベイベ』は、まさに八尾の「おわら」を守り継ぐ高校生たちのストーリー。彼らの伝統芸能への敬意の払い方が、とても新鮮で魅力的だ。で、読みながら、私は思ったのね。あー、この「おわら風の盆」ってお祭りの、踊りの町流しってやつ、一度で良いから見てみたいなーって。

そんな時に、西荻の商店街でポスターを見たものだから、その偶然に大喜びして、祭りの当日を待ったのでした。

で、実際に見てどうだったかと言うと……実は、狭い通りに見物人がびっしりで、情緒を味わうという訳には、とてもとても……人混みの隙間から雰囲気だけを知るのが精一杯。でも、それだけでも来た甲斐ありってことで……と、早速、気持を切り替えて、出店のカレーを食べていたって訳。でも、いつか現地で見てみたい。いや、その前に『月影ベイベ』の第二巻を読みたい。富山の方言が良い味出してるんだなー。

ところで、私は、これを書いている最中にも、夫から新しいキャッチフレーズを与えられた。廊下ですれ違いざまに、彼が言うことには。

「鎧袖一触の奥さんだねー」

がいしゅういっしょく……？……あのー、意味解んないんですけど……と首を傾げたら、それでも作家？　と開いた辞書を見せられた。すると、そこには、

「鎧《よろい》の袖でちょっと触れる程度のわずかな力で、たやすく相手を打ち負かすこと」

と、ある。我家では廊下ですれ違う際には、相手に負けないくらいのふざけたパフォーマンスをするという不文律がある。唐突に壁に張り付いて蟬の真似をするとか、オーラの飛ばしっこで前のめりになったり、のけぞったりとか（マトリックスもどき）。その一環として、肘鉄を食わせただけなのに……。私って、いったいどういう奥さん!?　ポンちゃんにとって、キャッチフレーズの仕込みは、let someone skim off the cream 4 love. 他に「因縁つけ奥さん」なども……。

追記　やっぱり水キムチ、飽きました……。

真夏のストリートヴュウ

この回が掲載される頃には、もう秋になっているだろうが、書いている今現在は残暑のまっただ中。あまりの暑さのせいか、毎年、我家の玄関前ホールで私を脅かす虫たちもほとんど姿を見せない。毎朝、巨大な蛾に産卵されていないか、恐る恐るドアを開けてあたりをうかがうのが常であるのにどうしたことか。いや、おかげで、今年の夏は平穏を得ているのであるが、それはそれで嫌な予感がする。まさか、天変地異の前触れとかじゃないでしょうね。

昔から暑い国ばかりを選んで旅をして来た熱帯フリークだった私。比較的暑さには強い方ではあるが、ここ数年の東京の夏って、ほんっと不快。新聞には、やがて沖縄が日本の避暑地になる、と書いてあったが、頷ける話。暑さの種類が全然違う。実家のある宇都宮だって暑いのである。でも、東京の体感温度とはまるで違うように感じられる。

つい最近、文芸誌の新人賞選考会で会った角田光代さんは、この猛暑だというのに、一回十キロのコースを週に二回走っているそうだ。それを聞いて感嘆する同席者たち。私も対抗すべく、五十度越えの砂漠でオイル塗って陽灼けした話を披露したが、こちらは、ただ呆れられただけであった。

そんな暑さから体力を回復するべく、自家製水キムチの仕込みに精を出している、と前回書いた。それは、今も続いていて、どんどん実験の様相を呈して来ているのである。野菜の種類をあれこれ変えてトライしていたら、すっかりおもしろくなってしまって。基本の胡瓜、大根に加えて、水菜とかにらとか。梨と林檎をメインにしてもいける。しかし、一番驚いたのはプチトマトだ。皮に楊枝でぷすぷすと何箇所か穴を開けて放り込んでおくと、あら不思議。果物に変身しちゃうんだよ。梨と林檎が野菜に変身するのとは、まったく逆の変わりよう。葡萄でしょ、これ!?と仰天の甘さと風味を獲得するのだ。何も知らずに目を閉じたまま口に入れたら、新種の巨峰と勘違いするかもしれない。トマトに閉じ込められて行き場を失った水キムチの汁が、信じられないくらいフルーティに……あ、と、いうことはだよ？　プチトマトの代わりに本物の巨峰を入れてみたらどうなるの？　果物は野菜に、野菜は果物に、という水キムチの法則にのっとって推測するなら、巨峰がプチトマトに変身するってのもありなんじゃないの？　うおーっ、もしそうなったら、これ、私の発見だから！　特許を申請するかもね。え？　特許の意味が解ってない？いーの！　遺伝子操作とかなしに葡萄を赤茄子（トマトのことね）に変えた私の輝かしい業績は、ぜひとも後世に残したい。

なんて。私、最近、昔子供の頃によく母から言われた言葉を思い出すんですよ。ほら、少なからぬ子供たちが一度は言われるあれ。食べ物で遊んじゃいけませーん！　ってやつね。あの頃の母の年齢をとうに越えたというのに私という奴は。このことに限らず、こんな大人になる筈ではなかった、とがっくりしながら早や〇十年。少年老い易く学成り難しってやつ？　違う？

そう言えば、猛暑で思い出したが、『ジェントルマン』という小説にかかりきりになっていた一昨年の夏のこと。私は毎日、三十分ほど歩いて仕事場に通っていた。行きも帰りもうだるような暑さの時間帯。それなのに、ここが私の馬鹿みたいなとこなのだが、どうせ通うのなら毎日違う道を行ってみよう、と思いついたのね。初めての路地には、未知の世界が広がっている筈、とか何とか思っちゃって。で、午前十一時頃の本格的な暑さが始まる時間帯に道に迷って辿り着けなくなったり、午後四時のまだまだ気温が下がりそうにもない炎天下で戻るに戻れない場所まで歩いたことに気付いて慌てたりしていた。考えなしの上に方向音痴なのである。それなのに、あえてワイルドサイドを選びたい私。ふふっ、冒険者と自らを呼んでも良くって？（西荻窪だが）

その日も、私は歩いていた。あまりの暑さのせいか、人っこひとり姿の見えない、初めての裏通りを歩いていた。その日の仕事はスムーズに進み、終わった時刻は午後三時ぐらいか。調子に乗って、角という角を曲がって、自分がどこにいるのかがさっぱり解らなくなり、ようやく後悔し始めた（遅い）。うへー、冗談じゃなく熱中症になるかも、と日陰を捜しつつ、よろよろ歩いていたら、アスファルトの道路に立つ陽炎の向こうから、ひとりの女性がやって来る。遠くからでも、そのダークスキンとグラマラスな体型で、外国の人だというのが解る。年の頃、二十五、六か。

私以外に、こんな日のこんな時刻に歩いてる人がいるなんて、きっと暑い国から来たんだろうなあ、などと思っていたら、その人は、道を斜め横断して、私の方向に進んで来るではないか。そして、え？　え？　え？　と慌てる私の前で、ぴたりと止まり、言ったのである。

「ワタシ、ワタシ、お金、ナーイ!!」

今にも私に抱き付かんばかりである。呆気に取られたままでいると、今度は泣き出した。あわわわわ、これって、いったい、どういう展開？　って言うか、どうして私!?

片言の日本語で語ることによると、その彼女、お金を無心するためにここまでやって来たものの、頼みの綱となる筈の知人もいなかったとか。

「ワタシ、帰れない、ウッウッ」

どこまで帰るのかと尋ねると、千葉だと言う。駅前の交番まで連れて行くには、少しばかり距離があり過ぎるし（しかも道に迷ってる）、もし何か事情を抱えているのなら、警察は嫌だろうし……などと、あれこれ考えていたら、こうたたみかける。

「ワタシ、返す　アナタ　お金……」

え？　アイ　ギヴ　ユー　バック　ユア　マネーを直訳？　いつのまにか、私、この人にお金貸すことになっているみたい。でも、仕方ないや、人間困った時にはお互いさまだ。でも、千葉と言っても、市川と東金《とうがね》ではかかる運賃が全然違うけど……と、何故、ほとんど土地勘のない千葉であるのに、咄嗟に東金という地名が思い浮かんだかというと、大学に入ってすぐ、漫画研究会の新歓コンパで行ったたから。はー、人間の記憶力ってどうなってんの？　何十年も思い出したこともなかった土地が、まったく予想もつかなかった瞬間に甦る。

でも、まあ、いいや。袖振り合うも多生の縁とはこういうことかも。せいぜい千円、多くても二千円渡せば、取りあえずは何とかなるだろう。そう思って、財布を取り出して開けてみて、がーん、そこには五千円札一枚しかなかったのであった。う、何とも微妙ではないか。通りがかりの人に、このなけなしの五千円札あげちゃうのって、どうなの？　私だって、これから夕食の買い物するんだよ？

炎天下で逡巡する私であった。しかし、その暑さが、考えることを拒ませる。ふと気付くとその女の子、ニーナ（仮名）が私をじっと見ている。大きな瞳にはなみなみとたたえられた涙。あー、もういい、もういいよ、ニーナ（仮名）！　私は、五千円札への未練を断ち切って、財布から抜き、彼女に渡した。すると、彼女は、それを指にはさみながら両手を合わせて、何やら呟きながら、私を拝むのであった。仏教徒？　それともヒンズー教？　いずれにせよ、術をかけてる忍者みたいに見えるよ？

ニーナ（仮名）は、先ほどとはうって変わった満面の笑顔で去って行った。返す時のために電話番号を教えてくれと言われたが、その必要はないと断った。スキップみたいな小走りで駅方面に向かう彼女の後ろ姿をながめながら、つくづく思った。あの子、本当に暑さに強いんだ。はたして、私は、親切な日本人だったのか。それとも、ちょろい日本人だったのか。もう二年も経っているのに、このことを思い出して釈然としない私。人間がちっさいなー、と呆れる気持がないでも、ない。

でもさ、たとえば、一万円札が十枚だけ財布に入っていたとしたら、迷うことなく、その内の一枚をあげたと思うの。そして、数ヵ月前の東日本大震災が原因で困っていると解れば、その内の八枚、いや九枚だって、すぐさま渡せたと確信する。けれども、猛暑で、人の姿もない西荻窪の裏通りで、どうして私が……と何だか、いつまで経っても腑に落ちないんだなー。駅前の方が、お金を貸してくれる人に会う確率は、よほど高いというのに。突然、出現して、風と共に、ならぬ、金と共に去りぬだったニーナ（仮名）！　あなたは、今、どこに！　ちゃんと無事に東金（仮定）に帰れたんだよねっ!?

ここ何十年か、普通に道を歩いていて、「お金ナイ」と見知らぬ人から言われることなど、たぶんない東京。私が通い始めた八〇年代のニューヨークはすごかった。スリーブロックス、もしくは、ワンアヴェニューの距離を歩くだけで、声をかけられたものね。それが、紙コップを揺らして、ギミー　サム　ダーイム（ダイムは十セント硬貨。二十五セント《クウォーター》硬貨と言わないことで殊勝感を出している、とは元夫談）と催促するホームレスであれば、驚きもしないが、身なりのりっぱな紳士然とした男の人や、地味な女子学生風の女の子に「お金がないんです。助けてくれる気はありますか？」などと唐突に尋ねられるから仰天したのだ。

そこでも、いったい、何だって私？　と困惑していた。だって、ドレッド頭でストリートファッションの私の方が、よっぽど困窮してるように思われる筈なんだもの。

いや、彼らは、金持の方がけちだってこと、よーく解ってるのさ、と言ったのもアフリカ系アメリカ人である元夫であったが、彼は、小銭がある時はいつでも、彼らのために出してやっていた。それが、ストリートの知恵だと知ったのは、私たちに絡んで来たジャンキーを、顔見知りのちんぴらが遠ざけてくれた時。いつだったか、デリでモルトビールを買うお金が足りないと言いはる店員と押し問答をしていた男だった。その時は、私たちが列の後ろに並んでいて、元夫がうんざりして、レジのカウンターに足りない分を置いたのだった。それこそ、ダイムだったか、クウォーターだったか、硬貨一枚。碁を打っているみたいな、ぱちっという音がしたのを、今でも覚えている。アルファベットシティのアヴェニューC。当時、マンハッタンで最もやばいと言われていたエリアだ。でも、だからこそ、楽しかった。伝説のクラブ「ザ・ワールド」がオープンして、深夜の狂乱に拍車をかけていた。

……てなことを思い出したのは、マンハッタン・ロウアー・イースト・サイドを舞台にした小説『黄金の街』（リチャード・プライス作　堀江里美訳　講談社文庫）を読んだばかりだから。作者のプライスは、この小説の主役はロウアー・イースト・サイドだと言っている。この十年そこいらのそこの事情は誰も書いていないんじゃないか、と。

そうかもね。私も、もう十年くらいニューヨークを訪れていないから、その辺のことは知らないが、でも、ワンシーンワンシーンに登場する街角の隅々まで想像することが出来るの。仲の良い友人が住んでいたので、たびたび足を踏み入れていたというのもあるし、必ずスペイン語で話しかけられるのがおもしろくって、用もないのに歩き回ったりしていたから。で、小説に書かれている臨場感が手に取るように解る訳。そこの住人にとっては、大金持やセレブリティの住むセントラルパークの南あたりが、別世界のように遠い場所であるという、その感覚が。

ここのところ、ちょっぴりニューヨークを恋しく感じている。かつては、第二のホームタウンと呼んで愛していた街だが、同時多発テロの後のツインタワーの失くなった風景を見て、つくづくやるせなくなって以来、御無沙汰していた。でも、この小説を読んで、また行きたくなっちゃった。やっぱり私は、さまざまな人種によって彩られた街が大好きなんだ。

と、そんな気持を再確認したのは、つい最近、映画「ビル・カニンガム&ニューヨーク」を観た時だった。公開時期を逃して残念と思っていたら、吉祥寺で遅ればせながら上映されることに。ちょうど仕事が休みの夫をつき合わせて、午前中の映画館に行って来ました。そして、「夫婦50割引」というシステムを知ってびっくり。いつからやってたのか。夫婦のどちらかが五十歳を過ぎていたら、ひとり千円で鑑賞出来るというのだ。うーむ、次からは、ちゃんと身分証明書を持参しよう。私の場合、パスポートしかないが。

あ、余計なことを思い出したが、昔、山田家のファミリー旅行で、地方の美術館に団体で訪れた際、窓口に五十五歳以上割引の表示があった。その時、伯父や伯母がいっせいにざわめいたのである。ねえ、あなた、何か年齢証明出来るもの持ってらした？　とか何とか。それを聞いて、付き添いの子供たちは笑いをこらえたのである。全員、証明する必要ないから！　最年長の伯父なんて、その時、とうに八十を越えていたのだから。私も、いつか、証明不要なルックスになるんだろうなあ。五十代って、何番目かの微妙な年頃じゃない？

それはともかく、このビル・カニンガム氏、御年八十四歳にして、ニューヨークタイムズのカリスマ　ファッション写真家。最高のファッションショウは、ストリートで開かれる、をモットーに、日夜、自転車に乗って、街角の超お洒落さんたちを撮りまくる。そして、本人のライフスタイルは超ミニマム。撮影時は、カーネギーホールの最上階にある倉庫めいた小さな部屋に、大量のフィルムと最小限の身のまわりの物を詰め込んで住んでいた。ファッション業界の人々の誰もが敬意を払う神様の日常は、驚くほど質素。でも、このおじいさん、良い味出してるんだよなー。イーサン・ホークに年取らせて、ユーモアを付け加えたようなルックス。そして、ゴミ収集作業員のユニフォームである青いジャケットを着用。実は、私もあれ、気になってたんだよなー。外国の労働者のユニフォームは無駄なく格好良いデザインが多いよね。パリのポンピエ（消防士）とか。

そんなビルさんの撮るストリートの洒落者を見ていたら、ああっ、マイ　ニューヨーク！　懐しいなー、と思ったの。多種多様を許す街。日本で重視される「相応」が時に息苦しいポンちゃんにとって、道での遭遇は、makes me feel like a million dollarsだったりもする。ニーナ、東金も暑かろう……（疑似親心）。

小さい秋に音楽追想

こんにちは。浅川マキと顔面相似形との噂もある山田です。ぱっつん前髪のロングボブがそうさせるのかもなー、と思い、ただいま横分けにするべくバング（前髪のことね）を伸ばし中。いや、決して、そう言われるのが嫌な訳じゃないんですが。

お若い方のために一応説明しておくと、浅川マキさんは、二〇一〇年、六十八歳の誕生日直前に亡くなったシンガーのお方。そのスタイルは、フォークでもあり、ブルースでもあり、怨歌（©五木寛之先生）でもあり、後年は、フリージャズでもあった。なんて、まるで私、詳しいようなこと書いているけど、上の世代の人たちのようには知らないの。ただ、何枚かのアルバムを愛聴していただけ。あれは高一の頃だったか、つき合っていた男子に、これ聴いてみ、と渡されたのが、七一年の大晦日に行われた「伝説の」と語られる新宿紀伊國屋ホールでのライヴ盤だった。

当時、私たちの仲間内では、上の世代によるアングラっぽい音楽を聴くのがはやっていたのだ。大人ぶりたい年頃だったんだろう。洋楽より、かえってクールじゃない？　なんて思っていたのかも。他と差を付けたくて、まるで自ら発見したかのように、どうだ、これを知っているか！

とお兄さんお姉さんのレコードを持ち出して来る者、多数。その内、競い過ぎて、私たちにはハードルの高過ぎる楽曲が増え、わりと早くブームは終わった。やっぱり、エルトン・ジョンとか聴いてる方が楽だよなあ、と何人かは感じたと思う（私は、ヴァン・マッコイとかパティ・ラベルなんかのディスコ系はやりもん）。

所詮、子供の私たちには無理があったのね、と頷き合いながら、皆、自分たちの持ち場（？）に戻った訳だが、私の手許に浅川マキだけは残ったの。一番好きな曲は、アニマルズのヴァージョンが有名な「朝日のあたる家」。ミドル・ティーンに売春宿の悲哀が解る訳もないのだが、すごく心に響いて涙が湧いて来たのを覚えている。暗い歌の多い彼女だが、同じ暗いものでも、外国の曲に日本語詞を付けたものだと、ブルージーな感じが増して格好良い。ベスト盤でマーク・ボラン（！）の曲を歌っているのだが、まったく、今の言い方での“awesome”（超ヤバイ）な感じ。ホール＆オーツ（！）の曲も歌っているが、これも最高。五木（寛之）さんに「怨歌」とも評されたあの歌声は、意外にもドライな楽曲と相性が良かったのではないか。もっと聴きたかったなー、言っても詮ないことだけど。そう言えば、この間、亡くなった藤圭子にも、五木さんは「怨歌」という言葉を使っていた。でも、二人は全然違う。彼女が浅川マキのように、ロッド・ステュアートの歌を歌うなんて想像がつかない（このヴァージョンも、いかす。死語か）。

と、このように、今、何故、浅川マキを思い出しているかと言うと、本屋さんを徘徊していたら、何故か音楽関係のセクションに吸い寄せられ、呼ばれるようにして彼女の本を手に取ってしまったから。そして、最初にして最後の浅川マキ・オフィシャル本!!　と帯にある『ロング・グッドバイ　浅川マキの世界』（白夜書房刊）と、エッセイ集『こんな風に過ぎて行くのなら』（石風社刊）を購入。それまで、彼女の存在を文章で確認しようなんて思ったこともなかったのに、いったい、何故？　そう首を傾げながら本を開いていたら、覗き込んだ夫が、げーらげら。

「似てる！　エイミーに、すっごく似てる！」

ええ、それは何度か言われたことがあります。実際に彼女と接して来た人たちが言うのだから、そうなのかもね、などと思っていたのだが……本の中の何枚かの写真は、ほんっとに似ている！特に煙草吸ってるやつは、え？　私？　と思うほど。全身黒ずくめで、ロングコートにブーツがトレードマークの彼女だが、中に一枚だけ、ダッフルコートを着ているスナップがある。これって、これって、私じゃないの？　そこで唐突に既視感に襲われてとまどった。暗くて、それ故にヘヴィな魅力を持つ、うんと年上のあの人と私には、重なる部分などほとんどない筈なのに。ただ、高校時代の一時期、こちらが勝手に彼女の過去の歌声とすれ違った、それだけの関わりなのに。


人をひとくくりにして語ってはならないと、常日頃自分に言い聞かせているので、なるべく世代論を持ち出さないようにと心掛けている。でもでも、本や音楽を始めとしたはやりものなどについて読んだり聞いたりした時に、やっぱり同世代だなあ、と楽しくなってしまう場合も多々ある。特に、十代の頃のそれが話題として取り上げられる場合には。あーそうそう、と膝を打ちたくなることもあれば、あれ？　まったく違う世界にいた人らしいな、と吹き出したくなることも（天敵だった、と解っちゃうのね）。いずれにせよ、ここまで年食っちゃった今となっては、ただただ微笑ましいエピソードが残るばかりなのだが。

雑誌「小説　野性時代」で奥田英朗さんの連載している『田舎でロックンロール』が、愉快でたまらない。これを読んだ人々がおもしろいと思うのは、もちろん当然のことでしょう。しかし、たぶん、奥田さんと同じ年に生まれたという一点において、私の方が、もっとおもしろいと感じている筈だ、と断言させてもらう。

だーって、私も、東京生まれとはいえ、田舎で育った子。同い年の田舎の子が、百回くらい、ぶんぶん頷きたくなるようなトピックスが山ほど出て来るのだ。

私たち一九五九年生まれは、ビートルズが巻き起こした熱狂からは、とうに出遅れてしまった世代。私が聴いたのは小学校も終わりの方で、彼らが解散した後だった。奥田さんの文章から勝手に引用させてもらうと、

〈リアルタイムでのビートルズは知らないが、検証対象としてのビートルズなら、時代の真っただ中に生きた世代であると胸を張って言える〉

いたいた、こういうふうに胸を張ってた男子。他にも、ローリング・ストーンズ、ビージーズ、サイモン&ガーファンクル……色々なグループそれぞれにファンがいて、検証していた。たぶん、ほとんどが男子だったと思う。何故、検証する、男子たちよ！　そして、検証したことは、ちゃんと発表し合っていた。すると、その内に、どれが音楽的に優れているか、という言い合いになり、応援団同士の喧嘩の様相を呈して来るのである。白熱の一途を辿る素人音楽評論家たちのバトル。いかに、ストーンズがビートルズより優れているかを立証しようとやっきになったある子なんて、しまいには、こう捨て台詞を吐いてたものね。

「解散しちゃったビートルズより、まだ続いてるストーンズの方が根気があって偉い！」

え？　そうなの？　と、周囲で聞き流していた生徒たちが、いっせいに発言者に注目したのを

覚えている。わははは、すごい理屈。そして、よく解んないけど、すごい説得力。でも、言わせてもらって良いですか？　あんたたちーっ、不毛過ぎ！

そんなふうに、有名ミュージシャンを取っ掛かりとして、皆、それぞれの好みというものを確立して行った。私は、ロック方面には行かなかったが、どんどん傾倒していく男子たちの様子はつぶさに見ていた。そして、ロック少年たちは、私の人生とは、たぶん、あんまり関わりないかも、という結論に達したのであった。ごく初期に自分の適性を見出していたのね、私。先見の明あり？　だって、ロックな人々って暑苦しいんだもん。奥田さんの連載のおもしろさについて綴っている最中に、悪いんだけどさ。

いや、そんな男子たちよりもはるかに無縁に思えたのは、ロック少女たちの方だ。ある時、いつもはやる気なさそうに掃除をする子たち数人が、妙に張り切っていたことがあった。いったい、どうしたことかとながめていると、その中のリーダー格が言った。

「今日の掃除の速さで、私らの運命は決まるよ！」

他の子が、それに返したことには。

「イエーイ！」

え？　何？　と思っている内に、彼女たちは白い鉢巻きを取り出して、おでこにきりりと結ぶではないか。見ると、そこにはマジックでこう書かれていた。

“WE LOVE Queen”

私の視線に気付いたひとりが言った。

「山田さん、ぜーったいに先生に言わないでよ！」

「言う訳ないじゃん。もしかして、クィーンのコンサートに行くの？」

「あ、クィーン、知ってるんだ」

うん、と答えた。全然興味ないけど、とは、とても口に出来なかった。だって、彼女たちの真剣な眼差しから、ものすごい気迫が伝わって来たのだ。クレイジー　アバウトを通り越して、ファナティックな感じが。そして、その不穏な空気に包まれて、彼女たちはきらきらしてた。今となっては、彼女たちがどういうつてでチケットを取ったのか、知る由もないが、きっと、ものすごい苦労があったのではないか。私の通っていた高校は、のほほんとしたゆるい進学校であったから、そういう殺気立った瞳に出会ったことがなかったのである。

　そもそも私は、団体行動が苦手で、だから一緒に人と連れ立って何かしたり、どこかに行ったりすることが、ほとんどなかった。そして、それを良しとしていたのだが、この時は、彼女たちの団結力のようなものを少しだけ羨ましいと感じた。男の子と背伸びして暗いジャズ喫茶に入り浸る自分が、ただの大人ぶりっこをしているように思えたのである。ついでに、ロック少年とロック少女は、ずい分違うなあ、と首を傾げたものだ。あの年頃、というふうに限って言えば、女の子たちの方が「体ごと」な感じがした。スージー・クワトロのために気合入れてた男子って見たことなかったもんなー。

　ところで、話は奥田さんのエッセイに戻るが、七三年のエルヴィス・プレスリーのステージ生中継の話が出て来て、おおっと懐しさのあまり声を上げてしまったのだった。

　その日は、日曜日。時刻は七時のゴールデンタイム。数日前から、学校でも、それを逃がしたらやばい、絶対に見るべし、という気運が高まっていた。何故!?　と疑問を呈する余地が与えられなかったのも不思議なのだが、プレスリーに1ミクロンの興味もない子たちまで日曜日は家族で観ると言っていた。先生も期待していると宣言した。もちろん、我家も全員で炬燵で、ごはんを食べながら観る決まりとなった（冬だったのだ）。たぶん、そういう家庭は多かったと思われる。日本人にとって、そこまでありがたい存在だったのか、プレスリー！　いや、親の世代はそうだったのかも解らない。パパやママもエルヴィスに熱狂した不良っぽい時代もあったのさ、と子供に知らしめたかったのか。これでなかなか話の解るところもあってね、なんて暗に伝えたかったのか。

結果は……奥田さんが書いている通り。でぶでぶの体を揺すりながら歌う、どう見ても時代遅れのフリンジをひらひらさせた白いジャンプスーツのおっさんが……（以下略。奥田さんの単行本で読んで下さい）。

だいたい、ハワイのホノルルからの中継ってだけで、今思えば、ドン・ホー感、ありありだったんだよなあ。あ、ドン・ホーは、ハワイアン・ミュージックの大御所です。彼には何の落度もなく、引き合いに出すのも申し訳ないのだが、私がハワイに家を借りてた二十年ほど前は、ホテルの専属で観光客相手のディナーショウをやっていたのだ。で、私と前夫は、道端で喧嘩になるたびに、「それだったら、今夜の夕食は、ドン・ホーを観ながらにするから！」と脅し合っていた。アメリカ人なら、誰でも知っているというドン・ホー様、ごめんなさい。でも、重鎮の歌を聴きながら傘の刺さったトロピカルドリンク付きのディナーをいただくって、私たちにとっては拷問そのものだったと思うの。今考えると、あのプレスリーを観ながらの夕ごはんって、共通点があったような……。

で、これが良かった訳？　そんなに観るべき価値があった訳？　と家族全員で、それぞれの葛藤を抱え始めた時、母が、ぽつりと言った。

「……なんか……欧陽菲菲の方が、ずーっと、プレスリーに似てるわねえ……」

ナイス！　マイ　マザー！　私もそう思ったよっ。ザッツ歌謡曲な感じの「雨の御堂筋」でデビューを飾った欧陽菲菲ではあったが、三曲目で路線変更したかったのか、気分転換だったのか、妙にロックテイストの「恋の追跡（ラヴ・チェイス）」というのをリリースしたのだった。それが何というか、子供心にも、え？　大丈夫？　と言いたくなるような激しいアクション付き。そっかー、女プレスリーをイメージしてたのかあ……いや、ほんとのとこは知りませんけど。

ティーンネイジャーの頃は、自分と同じ好みの音楽を選んでいるか否かが、友達選びにも影響していた。それはすごく重要なことで、歌謡曲を聴いてアイドルに熱狂している子と、自分は何の接点もないと思っていた。つき合う男の子も同じ。私の恋（らしきもの）には、ロマンティックなジャズピアノが流れていなければならなかったのね。バド・パウエルが存在しなかったら、恋も出来ないなんて口にしたりして……ああっ、ごめんなさい！　もうしません！　音楽を背景にした自分自身に酔う季節、それが十代……いや、私の場合、男に関しては、二十代になっても、しばらくは続いていたな。マーヴィン・ゲイが存在していなかったら、腰も動かせない……とか何とか……うわーっ、ここで止めておこう。音楽に酔って、どれほど恥しい振舞いをしたかは数知れないのである。

　いつの頃からか、人を見る基準に同じ趣味であるか否かが関係なくなって来た。これは、音楽でも、洋服でも、そう。それでは、人の好みを尊重する心の広い大人になれたのか、というと、そんなことはない。許せないものの最低ラインが、きっちり定まったということだろう。そこさえ共通していれば、仲良くなれると思う。たとえ、フリンジ、もみあげ付きのプレスリーファンでも……そうなのか、私!? もっと、美意識に対して厳密になれよっ（他人の）。

ポンちゃんにとって、音楽とは、lasting relationship 4 beautiful polygamy なら理想。十二月の矢沢永吉のライヴのための予習をまた夫に強要され……。

秋深まる日々に楽しい難癖

我家に小さな壁画が出現し、徐々に増殖しようとしている。事の発端は、ジャン＝ミシェル・バスキアの作品のステッカー。彼の作品の中でも有名な、冠を戴いたファンキーな怪獣を描いた“Pez Dispenser”、その一匹を、まず貼って、下に“AMYNNOSAURUS”とマジックで落書きしてみた。もちろん、ティラノサウルスをもじったのである。そうしたら、何だかおもしろくなって、もう一匹貼ってみることにした。そして、その下には、夫の呼び名に“-SAURUS”と付けて書き込み、また別のステッカーと、今度は英語のメッセージやら矢印やらを……とやっている内に止まらなくなっちゃったのね。で、今、その壁はバスキアと私のコラボレイションによるささやかで魅力的なポップアート空間と化した……と、自画自讃させてもらおう。

などと、腱鞘炎らしき症状が出ているというのに、いらんことで腕を酷使して悦に入っている山田です。

腱鞘炎ぽくなっちゃってさあ、などと言うと、え、そんなに仕事してたっけか、という反応か、やはり今だに手書きでがんばってるんですね、という同情のどちらかが返って来るのだが、いいえ、そのどちらでもないのです。原因は水キムチの作り過ぎ。固い野菜を刻み過ぎたんだと思うの。それに加えて、力もないのに、大きな鍋やらボウルやらを扱い過ぎたんだと思うの。この体型や態度などから、どすこいな女丈夫に思われがちですが、実は、私、握力が十キロそこそこしかないへなちょこなのでした。うちの台所に絶対必要不可欠なもの、それは、瓶の蓋を開けるためのイージーオープナー。私には、自力で開けられる瓶の蓋が、ほとんど存在しなーい！（除、酒瓶。根性で開ける）一時は、ハンドグリップを購入して鍛えようとしたのだが、いつまでたっても、握り締めることすら出来なかったのである。よって、今も、か弱いまま。道端で、スーパーの買い物袋をいくつも両手にぶら下げて歩いてる私を見かけたら、健気だなあ、と思って下さいね。決して、年寄りの冷水という言葉を思い浮かべたりしないでね。

スーパーと言えば、今日も午前中、あれこれと買い出しに行って来た。我家から歩いて二十分ほどの大型安売りスーパーマーケットである。

そして驚いたのだが、連れなしで来ている買い物客のひとり言の、なんと多いことか。衣料品のフロアでは、商品を引っくり返しながら、なんでいつもMがないんだよお、とかなり大きな声で文句を言っていたおじさん。食料品のフロアでは、あーっ、いけねえ、おれ、今夜サンマ食いたかったんだっけ、と頭を掻くおじさん。エスカレーターの下りで、いかーん、一階で降りたかったのに、地下まで行っちゃう！　と慌てるおじさん。出入り口のガラス扉を押しながら、なんだよ、自動じゃないのか、と不平を言うおじさん。

ねえ。これらが全部おじさんによるひとり言だなんて、サムシングじゃない？　午前中にスーパーに来なくてはならない境遇に陥ったおじさんたちの嘆き節。そう、主婦にとってはごく当り前の日常、そして、私にとっては至福でもあったりするのだが、彼らにとっては「陥った」結果なのである。と、いうことは、だよ？　おじさんになるまで「陥った」ことがなかったのね。あー、これだから、ある種の、ある年代の日本の男は……（いや、若い男にも、自分の世話を自分で出来ない輩は大勢いるんだろうが、若いというだけで、悲哀も何も感じないので除外しておく）。

その年齢《とし》になって、初めて生活の分野に足を踏み込まざるを得なくなり、困惑するおじさん！あのね、そういう場所で、不平不満をぶちまけても、だあれも聞いてはくれないの。あなたが、誰か近しい人のそれを聞いてやらなかったようにね。

ちなみに、私の世代の男も、もうおじさんと呼ばれる年代だが、私が目撃した前出のおじさんたちは、たぶん、ひと回り上くらいの年齢だと思う。きっと、リタイアして生活者としての第一歩を踏み出したのね。その鍛錬の場としてスーパーを選んだのは、とても良い選択だと思うわ。だからと言って、混み合った店内で主婦の邪魔をするのだけは止めてちょうだいね。あと、腱鞘炎患った素人料理人の女の作家の行く手を阻むのもね。

そう、休日のスーパーマーケットの店内で、何が腹立つかって、荷物持ちとして奥さんに無理矢理連れて来られたおじさんである。食材に何の興味も持たない、ただ食べる人であるらしい彼らは、ぼおっと立っている。それも、わざとか？　と疑いたくなるような場所に立っているのである。スーパーにおける動線というものが、まったく解っていないんだな。商品を手に取る訳でもないのに特売品のまん前とか、並ぶ気もないくせにレジ前とか、通路の中央でも堂々たる仁王立ち。カートが通れなくて、何台もつかえているなんて、少しも意に介していない、というより、全然眼中にないんだな。ねえ、何、考えてんの？

なあんて、私の中の意地悪な私は、そんなふうに舌打ちをしたりするのだが、一方、私の中の優しい私（一応、存在しますの、ほほ）は、こんなふうに温かい気持で思うのである。みいんな、家族のために、身の置きどころのない自分を引き受けてるんだなあって。そして、少しだけ我慢してね、お父さん！　と励ましたくなるのである。

そういう優しい私が勝っている時には、前出のひとり言を呟くおじさんたちにも違う気持を抱くだろう。そこはかとないペーソスを感じてしまうに違いない。でもね、問題は、その優しい私とやらが、赤の他人のおじさん相手には、なかなか姿を現わさないことなんだなあ。

そう言えば、赤の他人ではない、身内の年下おじさんである私の夫は、今でこそスーパー同行のプロのように振舞っているが、つき合い始めの頃は、いつも途方に暮れていた。私が、買い足すものを唐突に思い出して彼の許を離れ、商品を手に取って戻って来ると、やはり、休日のおじさん状態で、カートと共に邪魔な人になっていた。額に汗を浮かべながら、カートの取っ手を両手で握り締めて立ち竦んでいるのである。あれれ、スーパーで遭難したかのようだよ、と呆れた私が近寄ると、心の底からほっとしたような表情を浮かべるのである。そんなアウェイ感を醸し出しているだんなさん連中は、ややもすると、試食販売のおばちゃんたちの格好のターゲットとなってしまう。彼女たちは、彼らが奥さんの財布を開かせるのをよく御存じだからね。私の夫も、通り掛かるたびに引き止められていた。

そんな慣れない買い物の帰り道のことである。

「そうだ、これ……どうしよう」

そう言って、夫が胸のポケットから取り出したのは、サランラップに包まれてピンポン玉のようになったごはん。コシヒカリの試食販売のコーナーで受け取ったらしい。

「なんで、その場で食べないのー？　今、食べちゃいなよ」

少し咎めるような口調で私が言うと、彼は、うん、と言ってラップを取って口に入れた。何だか無理矢理咀嚼して飲み込んでいる、という感じ。ごっくん。そして、しばらく歩くと、彼は、またポケットから、ピンポン玉お握りを取り出して言うではないか。

「これ……も、食べちゃった方がいいかな」

いったい、いくつもらって来たんだよう!?

「だって、断ったら悪いじゃない」

そういや、この人、顔をしかめながら、青汁も試飲させられてたっけ。妻にとってのアミューズメントパーク（特に輸入食材の豊富な店はそう）での遊び方をこの人は全然知らない、と思った私は、突如、教育欲に燃えたのであった。買い物には必ず同行してもらい、スーパーマーケットでの充実した過ごし方について指南したのである。その甲斐あってか、今では進んで豆乳ヨーグルトの品定めをするほどの通ぶりである。でも、やっぱり、ひとりのおつかいは無理みたい。この間も、オリーヴオイルを頼んだら、とんでもないものを買って来て私に責められ、しょぼくれていた。そういう姿を見ると、例の意地悪な私が出現しちゃうんだなー。ああっ、嫌がらせしたいぞう、とうずうずするのである。

「ねーえ、今日、悪いんだけど、後で買い物して来てくれない？」

「……何買えばいいの？」

既に身構える夫である。

「野菜のエチュベを作るためのカルピスバターの無塩のやつとフェンネルと野菜ブイヨン。グラタン・ドフィノワ用のじゃがいもはメークインで、生クリームも切れてるなあ、あ、ナツメグもなくなってるから、よろしく。魚料理は鰯を香草で焼くから、タイムの枝と……あ、やっぱ乾燥のでいいや。エルブ・ド・プロヴァンスってラベルで、まとまったハーブが瓶に入ってるのがあるからね……」

と、この辺まで言って、ふと彼を見ると、両耳を手で押さえて、あさっての方を向いているのである。そして、それ以上、私が続けるのを阻止するために、耳に当てた手をぱたぱたさせながら、ぜ〜ん〜ぜ〜ん〜聞〜こ〜え〜な〜い〜、と念仏のようなものを唱えるのである。

どんだけ嫌味な献立なんだ！　と言ってる私も思っているのだが、要するに、洋風野菜の煮つけと、ポテトグラタン、そして鰯の焼いたの、という質素なごはんなのである。でも、わざとこざかしい食材を並べて、夫を困らせてみたい私。ふ、その程度で、スーパーには慣れっこさ、みたいな態度を取ってんじゃないわよ、という台所における権力を誇示してみたくなるのね、時々。ええ、まったく、意味はありません。ただの苛めっ子と化しているだけ。しかし、食材で夫を牽制したからって何になるんだ、私!?　本当のこと言うと、彼が、おいしく食べようとするだけの人で良かったなって思うの。これが、プラス、おいしく作ろうとする人でもあった場合、変に張り合っちゃうんだよね（苦い過去あり）。

その家々によって、食のルールは色々だ。楽しい食卓が囲めるなら、何でもあり。だからと言って、私の手料理で、夫をあっという間に十キロ太らせてしまったというのはどうなんだろう。私も、煙草を止めて以来、体重増加の一途を辿っている。このまま、でぶの夫婦でいて良いのか。

料理の意欲をダイエットフード方面に向けた方が良いのか……って、なーんかやる気出ないなあ。だって、どう調理すれば、ダイエットプレイトになるのかなんて知り尽くしてるんだもん。で、それを食べ続けて、どう飽きて、せっかく減らした体重をあっと言う間に増やしてしまうか、も。持続出来てりゃ、とっくにやせてるって。ダイエットって、ほんと、つまんない。私にとっては必要悪だ。口に入れる前に御一考をって、若い頃のラブアフェアの際のコンドームみたいなものね。

と、何故、今、人生百度目くらいのダイエットについて考えているかというと、私がオックスフォード　マニアと化しているから。この場合のオックスフォードとは、イギリスの大学ではなく、紐を甲で結ぶ短靴の総称であるオックスフォード　シューズのことね。捻挫癖故にハイヒールを断念して久しい私。今は、あれらの男前な靴たちに夢中なの。

で、いったいどうして踵の低い安定感のある靴を履くのにダイエットが必要であるかと言えば、太ったおばさんを支えるオックスフォードは、ただの地味な紐靴に見えてしまいそうだから。いや、おばさんは良いのだ。年配の女性が渋いスーツに合わせたら、すごく粋だと思う。問題は、でぶの方。ウイングチップも懐しのサドルシューズも、いっきに実用重視の安全靴めいてしまいそう。足許を見られるなら正しく見られたい。そのためには、全身のシルエットが重要だろう。そう考えて、やっぱり、やせるべきかもなあ、いや、しかし、おいしい物を食べる幸せも捨てがたいし……と逡巡しているのである。ああ、この間購入した、踵にメタルを貼ったやつ、あれを素敵に履きこなしたい。それなのに、目の前には、旬を迎えつつある牡蠣フライが……あ、今、辞書を引いていて知ったのだが、オックスフォードの漢字表記は「牛津」。じゃあ、私は「牛津靴」のために食べる楽しみを失おうとしているのね、とあっと言う間に戦意喪失。早速、具沢山のタルタルソース作りに励もう。夫のでぶ問題は、とりあえず保留しようと思う。

と、ここまで、ちまちまと、食やらファッションやらについて書き綴って来たが、私、男がそれらに関してうるさいのって嫌いなのね。「こだわりの」とか口にする男も苦手。じゃあ、おまえはどうなんだ、と言われちゃいそうだが、私のは「こだわり」じゃなくて「思い入れ」。似て非なるものである。

自分が料理やその食材について情熱を持って探究するくせに、同じことする男は嫌い。あるいは洋服の趣味において、ことごとくピッキィな意見を述べたりするのに、やはり同じような男は苦手というのは、どうしてなんだろう。あ、ほら、きっと、ロックン・ロール野郎なのに、好みはロック姉ちゃんよりも、ふわかわ女子っていうのと似ていると思うの。確固たる筈の主義主張が、対、異性となると脆くも崩れ去るという真実。伊集院静先生が「女子供」と使うなら、私だってそうさせてもらうわ。男子供に蘊蓄《うんちく》はいらーん！

そういや、昔、「男は黙ってサッポロビール」というCMのコピーがあったっけ。でも、それは、それで、やなんだなあ。結局、一番面倒臭い「こだわり」嫌いのこだわり屋さんになっているのは私なのでした。檀一雄を始めとする食に関する随筆の達人にも、井之頭五郎を始めとする漫画の中の食の探究者にも、心魅かれ敬意を払うものであるのに、自分の男には、のほほんとして欲しいと願う、アンビヴァレントな女心なのであった。

ところで前回、私の母が、でぶでぶに太ったプレスリーのライヴ中継を見て「欧陽菲菲の方がプレスリーに似てる」と口ばしったエピソードを書いた。すると、お母さん良い味出してますねえ、という感想がいくつか。

良い味……そうだろうか。あの人、昔から気になった事柄には、何でも突っ込みを入れるのが習慣なのだ。真夏、臨場感たっぷりに怪談を披露するＴＶ画面の中の稲川淳二に向かってこう言い放った。

「もっと、ちゃーんと口開けて喋れば、人に気持が伝わるのにー」

ポンちゃんにとって、日々の生活のささやかなトピックスは、make me a obedient critic like my funny mom. あの方の好きな番組は国会中継。何故かげらげら笑って観てる。謎。

其の九
［怪談顔編］
稲川淳二

秋に微笑む自分捜し

その攻めの姿勢には敬意を表したい。いや、しかし、今回ばかりは功を奏さなかったのではなかろうか、え？　赤城乳業さんよ……とぶつくさ言いながらも、ガリガリ君のクリームシチュー味を齧っている山田です。これを食べ終わっても、まだ冷凍庫に残っているよ。そう、前に発売と同時に人気沸騰して店頭から消え、数日の内に発売休止となったコーンポタージュ味のような事態を避けるため、コンビニで発見するやいなや数本購入したのね。ガリガリ部の面目躍如である（二人部だが）。でも、他の部員（ひとりだが）が、駄目なんじゃないすかーこれー、とあっさりと却下したのに続き、私も首を傾げずにはいられなかったのであった。コーンポタージュ味は、食べた瞬間、これ、ありじゃん!?　と思わず膝を打ったものだが、今回は……。

前者のコーンの粒々にも賛否両論はあった。しかし、ぎりぎりのところで、リアリティを演出していたと思う。だけど、今回のじゃがいもの欠片は……これって、ただの凍ったままのじゃがいもじゃん！　解凍しそこなったクリームシチューそのまんまじゃん！　……と、感じたのは私ひとりではなかったようで、近所のコンビニには、いつ行ってもそれだけが売れ残っていた。そして、やがて、秋冬の定番、ゆず味に取って替わられた。でも、いいよ。気にすることない。誰にでも失敗はある。次にビーフシチュー味を発売しないくらいの見識は身に付けたであろう……なんて、あんた何様と言いたくなる方もいるだろうが、我々ガリガリ部は、常にガリガリ君愛を標榜し、アイス予算のかなりのパーセンテージを新商品に割いて来たのである。このくらいの態度の大きさは許されてしかるべきであろう。ちなみに、私がレギュラーのソーダ味に続いて好きなのは、ガリガリ君リッチの「コーヒーゼリーミルク味」と「チョコチョコチョコチップ」。梨味もいいよね。今度出して欲しいのは、真夏のスイカ味。昔、タイで飲んだスイカジュースの味が忘れられないのである。あれ？　今、気が付いたが、クリームシチュー味の正式名称は「クレアおばさんのシチュー味」だって。誰？　クレアおばさんて。袋の隅に〈ガリ♡シチューT当たる!!〉って書いてあるけど、いったい、どんなTシャツ（だよね？）なんだ。えー？　なんか欲しいじゃないの、それ。それ着て夫の矢沢Tシャツに対抗したいじゃないの。

　子供の頃から、甘いものにはさほど心魅かれず、お酒を飲むようになってからは、ほとんど食指が動かなくなっていた。でも、アイス関係とチョコレートだけは別なのね。私の子供の頃は、どちらも種類は多くなく、アイスクリームと呼ばれて市販されていたのは、本物ではなく、アイスミルクと表示されるべきものだった。いつもそれを食べているから、たまにお出掛けしてデパートの食堂などに立ち寄り、ウェハースの添えられたリアルアイスクリームを食べると、その衝撃的な美味に目を丸くしたのであった。札幌に住んでいた時は、両親に連れられて「雪印パーラー」に行くのが何よりの楽しみだった。若い夫婦のたまの贅沢だったのだろう。二人共、「よそゆき」を着ていた。特別な時間だったのだ。

　アイスキャンデーやアイスクリームが、他の菓子類とは何やら違う意味を持つのは、そこに付随する感傷の記憶の量が圧倒的に多いからだろう。冷たい甘味は、いつも私を懐しい過去に引き戻す。いかにも体に悪そうだった人工甘味料の味でさえ、当時の思い出を慈しむよすがだ。

　でもその内、時が流れるにつれて、おやつの種類は増え、質も向上し、おいしいものが選り取り見取りになると、その分、思い入れは薄まった。我家に関して言えば、父の転勤で母の出身地に越した時から、リッチなアイスクリームは日常のものとなった。母方の叔父が某食品会社に勤めていて、製菓のセクション、しかも乳製品担当だったのだ。彼が届けてくれる、プランターのような大きな容器にびっしりと詰められた本物のアイスクリームに仰天した私たち家族。食べても食べても終わらなーい、と倦んだふりして嘆いて見せる幸せ。あんなに憧れていた稀少価値とも言える濃厚な味が冷凍庫に常備されている。そんな豊かな感じが嬉しくてならなかった。けれども、同時にその味によって作り出される濃厚なノスタルジアは失われたのだった。アイスクリームがアイスクリームそのものとして舌に載るようになったのは、あのあたりからだったんだなあ。あれから幾星霜。その頃の感激などすっかり忘れて、スーパーカップの方がハーゲンダッツよりあっさりしてていいよね、なんて言いながら夫の食べてるのを横取りしている私。初心忘れてる。でも仕様がないの、年寄りだから。ほほ。

　そういや、今では、すっかり定着した「スイーツ」という言葉（私は「スウィーツ」と表記する）。これを「お菓子」の意味で小説に一番最初に登場させたのは、私ではないかと思うのだがどうだろう。『ソウル・ミュージック・ラバーズ・オンリー』の中の短編に「ME AND MRS. JONES」という小説があるのだが、その中でのことだ。甘いお菓子が大好きな人妻に恋をしたハイスクール男子の話で、一九八七年の直木賞受賞作なのだが、もし、これ以前に小説内で「スウィーツ」を見かけた方、どうか御一報を。

最近、無意識の内に影響を受けていた作品というのが少なからずあるのに気付き、興味深くてたまらない。これにインスパイアされました、とはっきりとあげられる小説や映画などから洩れたもの。たとえば、七四年公開の映画「シンデレラ・リバティー」なんかが、そう。ずい分昔に観て内容も忘れているというのに、長い間、心に引っ掛かっていた。二年ほど前に、ようやくＤＶＤで復刻されたのを観たのだが、ああ、やっぱり、と思った。ジェームズ・カーンとマーシャ・メイソン共演によるその映画は、私の小説とはまるで違う物語でありながら、行きずりが本物の愛に変わって行くというせつなさにおいて共通している。と、いうことは、だよ？　この映画を最初に観た時のティーンネイジャーだった私は、まだ、たいした恋の経験もないくせに、どこかで深く納得していたんじゃないのか。男と女の行く末というものを。

やはり、私の小説で『熱帯安楽椅子』というのがあり、その文庫の解説を、亡くなった森瑤子さんに書いていただいている。その中で森さんは、〈始まりは肉体である。そして、成り行きは心である〉という一文を引用して、〈今世紀最大の名言〉とまで言って下さっているのだが、今思えば、私のそのフレーズも、「シンデレラ・リバティー」の影響下にあるのでは？　と、ここまで書いて来て、いいや、それだけでもない！　と気付くのである。その点で、私が影響を受けたものは他にも山ほどあるのではないか、と。題名は失念していても、自分の内にそのエッセンスを残した、さまざまな分野の作品が、きっと、数限りなくある！　そして、たぶん、人々からも。言葉を交わすことも叶わなかった多くの人々からですら。そう思うと、自分を自分たらしめているいくつものパーツに俄然興味が湧いて来る。

うーん、私、もしかしたら、これまで大嫌いと公言して来た「自分捜し」とやらに、いよいよ着手しようとしている？　日頃から、私の居場所はどこ？　なんて言っている若者に、そこ！　そこがあなたの居る場所だよ、と冷たく言い放って来た私であるのに。いや、たぶん、そうではないだろう。年月が層を成した自分を解剖してみたい、という若い頃にはなかった欲望が目覚めたに違いない。

　今年、実家に帰っていた時、壁に掛けてある大きな鏡を見ていたら、背後に妹が映った。彼女は、鏡の中の私をしげしげながめて言うのである。

「エイミー、いつのまにか、ママそっくりになって来たねー。昔は、パパに、ほんっと似てたのに」

　実は、私も、そう感じていたのである。編集者を連れて里帰りした際、私たちを迎えようと玄関前に出ていた父を見て、彼女が感嘆したことには。

「あれー、山田さんのお父さん、こんな遠くからでも、山田さんと親子なのが解りますねえ、いやはや、ほんと、そっくりだ」

　と、言われるくらい似ていたのだが、数年前から、突然、母親似になったのだ。

「やっぱり、ゆき（下の妹の名）もそう思う？　疲れてよれよれになってる時とか、お姉ちゃん、ママにそっくりじゃんって思うのよ。親子だったたんだなあって」

　それを聞いていた母は、「何がよれよれ!?」と言って、ぷんぷんしていたが、いや、ほら、疲労が見た目年齢を確実にアップさせている時ってあるじゃありませんか。そういう時のこと。人間、誰でも、実年齢よりも若く見える日もあれば、老けて見える日もある。そして、私が老けて見える日には、おばあちゃんになった母の面影が、うっすらとしたベールみたいになって、私自身の顔を覆っているかのよう。きっと、重ねて来た年齢が、私の内に潜んでいた母のDNAをあぶり出したのね。うう、私という存在は父と母のカオス。あんまり認めたくないけれど、ここでも自分の構成要素、発見！

　昔から、私は父似、上の妹は母似、下の妹は二人のミックス、と言われて来た。私が、いつのまにか母に似て来たのでは？　と思い始めた時、改めて下の二人を見てみると、あら不思議。その顔に父の面影などほとんど見受けられなかった上の妹であったのに、私と同じ現象が！　そう、そこはかとなく父の面差しを感じさせるようになっていたのである。そして、下の妹は……やはり、ミックスはミックス。両親の分量変わりなし。彼女は、物心がついて以来、二人の姉から、あなたは橋の下で拾われたんだよ、と言われ続け苛められて来たのであった。その受難の日々を思い出すたびに、口惜しさのあまり身悶えていたのだが、姉たちは少しも意に介さなかった。だって、彼女の顔には、ちゃーんと、両親が同居していたから。それ故、心置きなく苛めることが出来たのである。おほほほほほ……って、しかし、ステレオタイプな嫌がらせだなあ。兄や姉を持つ友人に尋ねると、同じこと言われて泣かされた、という人が少なくない。いったい、どうして橋の下？　もし事実だったら、日本中の橋の下には捨て子がごろごろじゃん。はっ、捨て子……いかん、孤児《みなしご》と並んで、この言葉に私は弱い。いや、きっと誰もが弱い。それなのに、妹や弟を痛めつけるのに使うのは平気……ひどーい、反省しろ！　世の中の兄と姉！　いや、その前に、自分！

　そういや、関西出身の夫は、仲間外れのことを「はみご」と言う。はみ出した子？　これも悲しい響きだ。ちなみに、実家のある栃木では「のば」と言うのだが、語源が解らない。もしかしたら「野放し」から来ている？　転校生だった私は、しょっちゅう、「のば」の対象になっていた。くーっ、今なら、へえ？　私を野放しにしても良い訳？　と開き直れるのだが。時、既に遅し。どこの橋の下か言ってみろやい、と今になって息巻く下の妹と同じ。人生、ままならないねえ。

　さて、そのままならぬ人生を、少しでも楽しくしようと、二度目の結婚記念日旅行に出た私たち夫婦なのでした。前回は、私の親友の住む沖縄。そして、今回は、夫の家族の住む関西。ほんの数日でしたが、神戸、京都を楽しみ尽くして来ました。

　神戸は、ちょうど、ビエンナーレという芸術祭の真っ最中、公園や街中のあちこちにアート作品が展示されていた。スタンプラリーをしながら、ひとつひとつ鑑賞して回るのも一興ではあったが、時々、え？　これってどうなの？　と首を傾げたくなるような作品も。神戸は、街の景観自体が美しく完成されているから、展示場所を選ばないとアートの方が負けてしまう。でも、メリケンパークのライトアップは素晴しかったよ。忍者が降りて来るような、紅葉がいっきに散るような、そんな趣向。もしかしたら、ビエンナーレとは関係ないのかもしれないが。遊覧船から望むように展示された作品もあったけど、船に揺られた人々は、さぞかし気持良いアート鑑賞が出来たのでは。私は、海岸通りの古いビルディングを見て歩くだけで楽しい性質《たち》なので、猫に小判な部分もあったかも。

　久し振りに会った夫の家族とも楽しい夜を過ごした。こちらに来ると、突然、関西弁になる夫の口調が不思議だ。そういや、長い休みで里帰りして帰って来たばかりの友人に会うと、皆、どこかしらなまっている。もう何十年も東京に住んでいる人もそうだ。指摘すると、誰もが少し恥し気になるのが、とてもチャーミングである。ふるさとで、地元の空気にたっぷり浸って、いっぱいその土地の言葉で喋って来たんだなあ、と微笑ましい気分になる。転校生だった私は、行く先々の方言にすり寄って苛められないように卑屈に過ごしたので(結果失敗し続けたが)、故郷に帰って、のびのびと土地の言葉を口に出来る人が、ほんと、羨しい。

そんなふうだから、東京に住んでいながら何の屈託もなく方言を使い、むしろ、それを売りにしているような人を見ると、鈍感だな、と感じる。こういう人って、自分の地元に東京の人が来たりすると、気取ってるとか言うんだよね。いつも、方言に関して書いていて思うのだが、私の、馴染めなかった方言に対するルサンチマンって、すごいよね。標準語を使ったことに端を発する、周囲のひどい扱いを思い出すだけで、今でも殺意が湧いて来る。

さて、話は変わるが、京都では、「京都国際マンガミュージアム」に行って驚いた。ここって、漫画好きには、いち日中いても飽きないワンダーランドそのものではないか。子供の頃読んだきり再会する術《すべ》もなかった作品がいっぱい! 大島弓子先生の『誕生』を見つけて、思わず、ああ、……と溜息を洩らしてしまった私。子供心にも衝撃だったんだよなー、あの作品。その他にも懐しいものが続々と。それらが皆、読み放題なのだ。

と、感動していたら、夫が大昔の別冊宝島の漫画特集を見てげーらげら。その表紙には、売れない漫画家だった私の名前が。ようし! と突然意欲に燃えて、館内のパソコンで私を検索する彼。で、やんなきゃ良かった……という結果に。私、存在しなかった漫画家になっていました。とほほ。でもさ、私の描いてた三流劇画誌と呼ばれたエロ本だって漫画史の一部じゃない? R

指定の展示室があったら、最高におもしろかったと思うよ。ポンちゃんの行く先々に、effective ingredient of me myself あり。次に訪れた博物館で不気味な巨大舞妓の万華鏡発見！

好奇心であったまる冬景色

ゲイのエッセイ漫画家さんの単行本を読んでいたら、最近、洋梨好きの作者が、複数の、やはりゲイの友人たちに「ル・レクチェ」という銘柄の洋梨をさかんに勧められた、という記述があった。〈ねっとりとしていちばんおいしい〉とか、〈追熟させるとサイコー〉などのお墨付きに誘われて、いそいそと味わってみた作者の感想は……〈かすかにザーメンみたいな香りと苦味が……それでか？　それで勧められたのか？〉と、いうもの。

へー？　と思った私は、自分も試してみるべく、高級スーパーの果物売り場に立ち寄ってみました。すると、あったあった、丁寧に包装され、プラスティックケースに入れられた「ル・レクチェ」、一個三百六十円が。普段、ほとんど果物に興味を持たない、ましてや、生の洋梨なんてこれまでの人生で数回しか食べたことのない私。その値段が安いのか高いのかも解らなかったが、高級感だけは充分に伝わって来たのであった。

で、本当に、そのようなフレイヴァなのか検証すべく購入。そして食べ頃を待って味わってみたところ……うーん、そうかなあ……私が知っているあの味とは違うような。だいたい、こんなにも甘くかぐわしい匂いなんてしてたっけ？　かつてのお相手の方たち、糖尿病だったんじゃないの？　あ、出所一緒でも尿とは違う液体なんだった。じゃ、身びいき？　どうなの!?　熊田プウ助さん！

と、このように二〇一四年も真実の追求に余念のない山田です。きっと、私のような好奇心いっぱいの知りたがりやさんのおかげで、同じ理由から十個は売れたんじゃないかしら、「ル・レクチェ」。とろけるようなテクスチャーと独得の風味を含んだ甘さ。男性の放出物に似ているとは思わなかったけど、官能的ではありました。くーっ、初めて積極的に果物買っちまったよー。

私を洋梨買いに走らせたのは『本日もおひとりホモ。』（熊田プウ助著　ぶんか社刊）という、ひとり暮らしのゲイ男性の日常を描いたエッセイ漫画。私は、この熊田さんの絵が大好きで彼の本を全部持っているのだ。サムソン高橋さんというゲイライターの方との共著である『世界一周ホモのたび』（ぶんか社刊）シリーズなんて、もう、抱腹絶倒。初めて読んだ時は、このおもしろさを共有したーい、とばかりに、自他共に認める私の妹のポジションにあるゲイの友人に早速勧めて、二人で大笑い。彼いわく、姉さんもこんなふうにして世界中を旅して来たのね……と、しみじみ。いや、そうじゃないから。女の恋愛小説家は、たとえそれがワンナイトスタンドでも、「恋」という大義名分をでっち上げるのに苦労してるんだから。欲望の落とし前を付けるのにも、いちいちストーリーがいる訳よ。まあ、時には面倒臭さのあまり、はしょってしまって「一夜の恋」という簡略化した名目だけ与えて、うっちゃることもあるんだけどさ。でも、だいたいの場合は、この『～ホモのたび』みたいに性的欲望だけを独立させるのは困難。わざわざ露悪的に語る人もいるけど、それも一種の自分物語。に、比べると、あっけらかんとしてて楽しそうだよなー、ここに登場するハッテン場（セックスの相手を捜す出会いの場）の人たち。

昔、パリで、女でそこに入ったのは私だけという、ハッテン場として名高いクラブに行ったことがあるが、異次元の世界だった。だって、真っ暗闇なんだもん。これじゃあ、好みの相手が来ても顔が解んないじゃん、と言う私に、案内してくれたゲイの友人は言うのだった。

「ここでは顔なんかどうでもいいの！　まずは、あそこの手触りや舌触りや歯ごたえ（！）でチェックしてＯＫなら、いただいて、それ以上は望まないの！」

彼いわく、アメリカ人の男は、事がすむとすぐに、次いつ会える？　と聞いたりする場合が多いから苦手なのだとか。こんなとこで親愛の情持ってんじゃないわよ、なんて言う。でも情には厚く、ロングタイムコンパニオンは、とても大事にしているのだ。使い捨ての快楽とメインの情愛をきっちり分けているのね。一緒にいた彼の友人のイギリス人は、ぼくは、こういう場所に来る男にはそそられないなー、とうんざりしたように言っていたから、まあ、人それぞれなのだろうが。あ、そう言えば、唯一、薄明かりの付いてるエリアでは、自動販売機で色々なセックストーイを売っていました。その中のひとつに黒革の鞭とピンポン玉の付いた猿ぐつわがあり、しげしげとながめていたら、血が騒ぐ？　と尋ねられた。いや、あれらを使いこなして稼いでいたの、ずーっと昔の話だから！　そう……遠い昔の過去（ええ、今、遠い目をしています）。

それはともかく、ジェンダー云々以前に、日々のふんわかしたエピソードで私を癒してくれる熊田プウ助氏の本（たびたび登場するお母さんが最高）、もっといっぱい出してくれないかなあ。吉祥寺の某書店では、何と呼ぶのか、平積みならぬ平立てみたいな状態で表紙見せて何冊も並べてあったから、ファンは多いと思うのだが。などと思いながら、再び「ル・レクチェ」の追熟を待つ日々。確かに漂って来る香りはよこしまである。

そうだ。よこしまと言えば、我家に、とてもよこしまなテディベアがやって来た。その名も「ｔｅｄ（大）」である。ああ、あの映画の？　と思い出す人も多いことでしょう。孤独な少年の親友として魂を吹き込まれて、共に成長し、中年不良グマとなってしまったあのｔｅｄである（以下、テッド）。

これを書いている今現在、まだ年は明けておらず、ちょうどクリスマス・デイ。夫がくれたプレゼントが、テッドだったのだ。映画「Ｔｅｄ」を観て、まんまと制作者の思う壺にはまり、くだらんと思いつつ大笑いして、そしてじんわり暖かい気持になり、すっかりテッドファンと化した私。ラッピングを解いた瞬間に現われたテッドに、わーい、と喜んだ……のだが、これ、映画同様にR指定。十五歳未満のお子さんには向かないという但し書きが。年齢に制限のある縫いぐるみとは、これいかに、と首を傾げつつ説明書通りに手を強く握ってみたところ……これが、映画の台詞そのもの、四文字言葉と卑猥な言い回しのオンパレードなのである。

映画を観た人は皆、テッドのあまりにも下品なシーンで呆気に取られたと思うが、あの時の絶叫が全部、クマの中に内蔵されているのである。アイム　オン　ドラーッグと叫んで変な歌を歌い出したり、マーク・ウォールバーグ演じる主人公と苦手な雷に喧嘩ふっかける時の歌の歌詞そのままに、サーック　マイ　ディック！　と毒付いたり（ちなみに“suck my dick”は、セックスの時に使えば、おれのあそこ口でしてちょーだいの意だが、喧嘩の時には、かかって来いやーの意味になる。さらに、くだらないことを思い出したが、私のゲイの友人は、この言葉を聞くと、喧嘩寸前の男であろうと前者の意味に受け取ってしまい、うっとりするそうである）。

これ、映画を観ていないで、子供に買ってしまった親御さんとかっているんじゃないの？　情けなくて何とも言えない愛嬌のあるこのテディベアが、あんな毒のある言葉を吐くなんて、知らなきゃ解んないよ。あれが実は、どうしようもないおっさんグマだなんて。

でも、ファンは多いのである。京都の祇園に夫の幼馴染みがやっているＯＰＡＬというカフェがあり、そちら方面に旅行すると、必ず立ち寄るのだが、その御主人の奥さんが、熱狂的なテッドファンになっていた。まだ私たちが観ていない時だったのだが、号泣したと言って熱烈に勧めるのである。ほんとかなー、縫いぐるみで泣けちゃう訳？　なんて半信半疑で観たのだが。で、ああー、やはり私たち夫婦も、セス・マクファーレンの意のままに。彼、製作、監督、脚本も全部こなして、おまけにテッドの声までやっている。アカデミー賞の授賞式の司会でも、ステージ上でヴァーチャルなテッドにおおいに暴れさせて、多くの人々の笑いを誘い、シャーリーズ・セロンなど何人かの眉をひそめさせた。よっぽど好きなのか、このやさぐれたクマのことが。でも、解る。私には解るよ、セス、きみの気持が。

白状すると、実は私も、何匹かの縫いぐるみをものすごーく大事にしているのである。七歳の時から一緒に寝ていたテディベアなんて、もう両耳は取れて坊主頭。既に何の動物か解らない。その上、頭にいくつも開いた穴から藁が出て来てしまったので、それらを塞ぐためにリボンを巻き、縫い付けて補強してあるのだ。見た目は、まるで鉢巻きのよう、と言いたいところだが、うっかりバブルの頃に取っておいたヴェルサーチのラッピング用のを使ってしまったので、中華の丼をかぶったみたいになっちゃった（そういう模様なのである）。口も失った際には、母が新しく作るべく、赤の毛糸で逆さ台形に刺繍したので、動物にあるまじき笑顔になっている。その姿は、客観的に見れば、すごく不気味である。持ち主の私だって、そう思う。故に、昔から、つき合い始めの男が泊まりに来る時は、大急ぎで隠したものである。しかし！　可愛いのである。私にとっては、可愛くてならない宝物なのだ。

その縫いぐるみ、山田コロ助は、今、本棚の上に鎮座して、「御大」と崇められている。抱いて寝たりしたら朝までに崩壊しそうで、怖くてベッドに入れられないのね。飛び出た藁の部分を、私が赤ん坊の時に着せられてた母の編んだセーターにくるんでどうにか守っているし。そう、昔の縫いぐるみって、中身は藁だったんだよね。そして、逆さにして元に戻すと、不思議な声で、ママーと言って鳴いた。いつ頃から、あの音は出なくなっちゃったのかな？　たぶん、あれが聞こえなくても気にならなくなったあたりで、私は、子供時代を終えたのかもしれない。でも、だからと言って必要としなくなった訳じゃない。その存在を確認出来ていれば、心は安寧を保ち続けられる。

身近な人たちには、ファンシーグッズ嫌いで知られる私なので、縫いぐるみを愛でていると言うと驚かれることもしばしばだ。

「山田さんが縫いぐるみ好きとは意外ですね」

「ち、解ってないなあ。私は、別に縫いぐるみ好きなんかじゃないの！　私は、私の選んだ縫いぐるみが好きなだけなの！」

「……それ、どこがどう違うんですか」

このような会話が交されるのは日常茶飯事。もう！　ほーんと、解ってない！　私が大事にしてるのは縫いぐるみであって縫いぐるみでないものなの！　なんて、たぶん、縫いぐるみを可愛がっている人たちって、皆、同じように思ってるんだろうなあ。私にとっての唯一無二、とひとつの縫いぐるみを選ぶ心は、実は世界中に点在していて、普遍性を獲得しているに違いない。と、同時に、その普遍は数限りない個別の逸話で成り立っているのだ。店頭で、自分の持っている縫いぐるみと同じのを見つけると、こう思うものね。あれ？　同じ種類なのに、うちのやつの方が断然可愛ーい！　って。そして、ほくそ笑むものね。お気の毒さま、って（誰に対してなのかは、まったく解らない。自分のこの心情も、全然説明出来ない）。

こんな私と一緒にいるから、夫も縫いぐるみ愛に目覚めちゃった。彼のお気に入りは、私が読者の方に贈られたチョコレート屋さんのゴディバのやつ。いただいた当初はシックなセーターにチョコバーが縫い付けられていたのね。それに、我家では唯一の大人のテディベアというポジションを与えて「ゴディさん」と呼び、相棒のようにしている。そう、まるで、あの映画のテッドみたいに。自分でも、こういう日が来るとは思いもしなかった、とは彼の弁だが、愛玩する喜びを知ったら、誰に何と言われようと、もう後を振り返らないことね。楽しみの選択肢は多岐にわたるほど人生に幸福をもたらすと思うの。それが、ひそやかであればあるほどね。よって、男が縫いぐるみと仲良くなってもおかしくないのかなー、なんて気遅れする必要は、まったくなし！だいたい、それ、ただの縫いぐるみじゃなくて、ゴディさんだから！

と、こんなふうに開き直っていたら、近頃では、コンビニに並んでいる「リラックマ」にも目が行ってしまうように。店先でリラックマに熱い視線を送る夫婦……やはり、不気味かもしれない。

あ、コンビニと不気味、というキーワードで思い出したが、少し前に、すごーく困った人を目撃した。

その日も私は仕事場に通う途中に某コンビニエンスストアに立ち寄った。雑誌の立ち読みの後、飲み物を調達するのが習慣になっているのだ。

その男の人は、女性週刊誌を開く私の横で、やはり立ち読みをしていた。ごく当り前のシチュエイション故、最初は意識することもなかった私だったが、しばらくして、どうもおかしいと感じ始めた。隣から、カタカタと音がし続けているのである。いったい何やってるの？　この人、と思って横を見た。音は、彼の鞄から出ていたのである。自分で自分の鞄をシェイクしているの、ずっと。どうやってかって？　オーマイガッド！　股間にはさんで、腰振ってたんだよーっ。こらーっ、コンビニでのマスターベイション禁止！

午前十時である。そして、開いていたのは、コンサバ系の女性誌。そりゃ、片手で開いたままにするのは重かろう。だからと言って、塞がった両手のアシストに鞄を使うって……どうせやるなら、もっと真面目にやれーっ、いや、そうじゃなくて……頭の中で既に創作活動が始まっている小説家の横で、そんなことするんじゃなーい！　あーん、せっかく崇高な文学観が渦を巻いていたのに（だったら女性週刊誌読んでる場合じゃないだろって話なのだが）。

でも、こういう場面に遭遇する機会も滅多にないので、少し離れた場所で観察することにした。年の頃、三十そこそこだろうか。黒っぽいスーツも靴も小ざっぱりしていて、仕事の出来る若手社員という感じ。そんな男が何が哀しくて、午前中のコンビニで欲情しているんだか。と、いうか、フィニッシュどうするの？　トイレに駆け込むの？　それとも……などと思ってうかがっていたが、なかなか終わらないので、諦めて、買い物をすませて店を出た。振り返ると、まだ、やってた。組み込まれちゃった性癖なんだろうなあ。きっと、心の中で本来の意味における「サ

ック　マイ　ディック！」を叫んでたんだろうなあ。ポンちゃんにとって、引き寄せられるものは、my own brand-name conscious. きっと、あの後、ズボンの中は「ル・レクチェ」……うへー。

ポンちゃんの
変顔
コレクション
TJD 2014
其の十一
［遠い目をした顔編］
ピンポン玉の付いた
猿ぐつわをした人

へんてこに感心して、春また来

近頃、一番感心したのは、三島食品の「ゆかり」の袋に打たれた点字。上部の隅に小さくあって、私には何を示しているのか理解出来ないが、点字を読む人々にとっては、すごく便利なものなんだろう。缶入りのアルコール飲料のプル・トップ横にあるのは御馴染みだが、食品に付いているのは初めて見た。親切だなー。これって、諸外国でも見かけるものなんだろうか。

前に、日本のシャンプーの容器には、必ず突起を付けてあると知って深く頷いたものだ。たとえ視覚に何も問題がなかったとしても、間違えやすいあれらの容器。指先を頼りにしている人々にとっては、どれほど便利なことだろう。ちなみに私の使用しているシャンプーには突起に加えて点字があったが、実家の浴室にあるのを見たら、側面に定規の目盛のような突起だけが上から下まで並んでいた。ユニバーサルデザインと呼ぶらしいが、いいね。巷で、地球に優しいとか標榜しているくせに、ある種の人間には全然優しくないじゃん！　と悪態をつきたくなる商品もしばしば見かけるので（特にオーガニックなあれこれ）、地味ながら重要な気づかいを見つけると嬉しくなって吹聴するのね。で、そんなの知ってたよ、と苦笑されることもしばしば。ヘアケア用品の容器の突起について知らなかったのって私だけ？　うーん、もしそうなら勉強不足だ。この二月にまたひとつ年齢《とし》を取るというのに、世の中にはまだ私の知らないことが山程あるのだなあ。きっと、死ぬまで、そんなふうに感心し続けるんだろう。

あ、でも、「ゆかり」を使ったレシピなら、たぶん人より知っているよ。ゆかり！　その素晴しいフレイヴァよ！　御存じのように、ゆかりは赤紫蘇の葉を乾燥させ塩と一緒に粉末にしたもの。おにぎりにまぶしたり胡瓜とあえたりするのが一般的な使い方だろう。でも、私は、あえてスライストマトに振りかけて、オリーヴオイルをたっぷりたらす。すると、その昔、メキシコで食べたタマリンド風味のトマトサラダそっくりの味わいになる。これ、不思議なことに、トマトでないと駄目なのね。他の野菜だと和風になっちゃう。さらに不思議なことに、トマトにかけるのが赤紫蘇のゆかりでなく、青紫蘇の千切りだったりすると完璧な和食メニューに。向田邦子さんの料理の本を見て真似した、彼女の愛読者も多いに違いない。

トマトはすごいな。フレイヴァを変えるだけで、世界各国の味を呼び寄せる。バジルやオレガノでイタリアン、にんにく風味でスパニッシュ、サフランで南フランス、ココナッツミルクでブラジル、サワークリームでロシア、豆板醬で中国、パプリカでポーランド……あぁーっ、連想が止まらない！　そして、想像するだけで食欲が湧いて来る。いいのか、これで……今年の目標は体重マイナス10kgなのだが。

料理が趣味だなんて公言しているのなら、美味なるダイエットメニューを開発すれば良いじゃないの、と言うのは私の女友達だ。そうか、と思った私は、ゆかりの袋に感心したついでに、それを使った新メニューを生み出した。名付けて「ポンバーグ」。鶏挽き肉と絹ごし豆腐を練った低カロリーのハンバーグ種に、刻んだ青紫蘇の葉をたっぷりと混ぜ込み、塩の代わりにゆかりで味を付けるのである。トマト相手では、まったく異なる一皿を演出していた青紫蘇とゆかりが、ここで共通のルーツを思い出してタグを組むのね……って、あーいかん、食材を擬人化しているよ、私。これが出来るのは東海林さだお様だけなんだから、と日頃言い聞かせているというのに、つい。彼以外の人がやると、たいていの場合過剰な何かが滲み出し、気持の悪い文体になる。その何か、とは、上手く言えないが食材愛みたいなもの。それには、そのまま書き手の過剰な自意識の発露がうかがえる。つまり、食べ物使って「ユーモアたっぷりの気立ての良い私」をアピールしているように思えてしまうのね。まあ、こう感じるこちらの性格が悪いのかもしれないが。

　でも、書かれたもののみならず、TV番組の料理コーナーなんかでも、え？　その言い方ってどうなの？　と疑問に思うことありませんか。たとえば、

「ここで、○○を鍋に入れてあげて、優しくかき回してやると、段々熱くなって来てくれるので、汗をかくまで待ってやって下さい」

　なんて言い回し。驚くほどTVの中で多用されている。これも「食材愛たっぷりの私」を表現しているつもりなのだろう。しかしね！　○○と鍋を別な単語に入れ替えてみなさい。なーんか身も蓋もない性のテクニックを伝授しているようではありませんか。野菜相手に！　魚の死骸相手に！　動物の肉片相手に！　あ、でも、これを極めると、おもしろいフェティッシュな小説が書けそうだ。

　恋焦がれた人間を抱くように食材を扱い、オーガズミックな料理ショウをくり広げる。たとえば、納豆を全身でかきまぜてあげた後、自分の目に辛子を塗り込んで、永遠の愛を誓う。今も見えておりますのは眼の底に沁みついたあのなつかしいねばねばばかりでございます、お師匠様

……なんて言っちゃう『春琴抄』ならぬ『春豆抄』とか。え？　谷崎潤一郎先生に失礼だ？　ええ、その通りです。実は、私は、今、雑誌「婦人公論」にて『賢者の愛』なる長編小説を連載中。そう、畏れ多くも、あの大谷崎の『痴人の愛』に喧嘩を売っているのである。取り掛かる前は臆していたものの、書き始めればこっちのもの。ふっ、相手に不足はないわね、とものすごく不遜な態度を貫き通しているのである。

　さて、喧嘩をふっかけるのなら相手のことを良く知らなくてはね、と今回、谷崎先生の作品を隅々まで読み返してみたのだが、いやー、やっぱ、文豪はすごいわ。何がすごいかと言うと、そのへんてこりん加減。思わず、え？　ほんまかいな、とつっ込みたくなるような素頓狂な描写が続出。しかし、独自の強固にして流麗な文体で、そのへんてこりんを自分ルールとして確立してしまっているのである。読み手は、へえへえ御主人様のおっしゃる通りでございますだ、とひれ伏さずにはいられない。うーん、かないっこない。私、大谷崎の孤高なへんてこりんさに降伏します。最初から白旗。でも、少しずつ少しずつ、その白旗に自分国の印を描いて行ったつもり。最終回を読者に読んでもらった瞬間に、その国旗は完成するのである。さて、どうなるだろう。おほほほほ、待ってろよ、潤一郎！　私には、丸尾末広画伯が付いてるもんねっ（連載の挿絵は、漫画家の丸尾さんなのである。ダメモトで頼んだら心良くお引き受けいただいて百人力なのだ）。

　ああ……しかし……こんなにも傲慢なこと書いちゃったりして、谷崎の大の信奉者である河野多恵子先生に知られたら大変だ。もっと、こそこそいばることにしよう。そして、納豆愛について綴る。

　ひきわりにされて、熱い出汁の中に突き落とされた納豆は、余人は兎《と》も角《かく》お前にだけは此の顔を見られねばならぬ、と涙を流し……ふう……いったいどんな納豆なんだ……擬人化、つらいです。でも、せっかくだから、山田家特製「ポンバーグ」で締めくくりますが、玉子と片栗粉をつなぎにして、ゆるくこしらえたタネをお玉とスプーンで整えてあげて、フライパンに落としてあげて、じっくり焼いてあげてね。最後は、薄甘の照り焼き味で仕上げてあげると美味。そして、七味唐辛子を目に振りかけた自分は、ポンバーグに永遠の愛を誓って、お師匠様……あ——もう、しつこい！　本当に、私、しつっこい！　でも、言葉について考え始めると、興が乗り過ぎて自家中毒のようになってしまうのだ。ほんと、すみません、待ってろよ、谷崎（まだ言う）。

　ところで、ここのところ一番感心したのが「ゆかり」の袋の点字と書いたが、まったく感心しないのが、住宅街を回っている廃品回収車である。いや、別に廃品回収自体に文句をつけようと言うのではない。私が問題視しているのは、あの車の巡回時に流されるアナウンスである。

　ねえ、何だって、あんな間のびした甘ったるくて舌たらずな若い女の声なの？　昼下がり、あれを耳にする人の多くは家事に勤しむ主婦の筈だ。あの声を、まあ可愛らしい、と思う訳がない。お気軽に御相談下さい……とか言ってるけど、いったい、どうして、私があんな小娘に相談しなきゃなんない訳!?　と、運転者が男性であるのを承知しながらも苛立ちを抑えきれない筈だ。私もそう。洗濯物をたたみながら、その声、やめれーっ、と心の中で叫んでいるよ。

　で、提案だ。あのかったるいアナウンス、吹き込み直したらどうか。どの業者も若い女の声でなきゃならないと思い込んでいるようだが、それは、おおいなる勘違いである。昼下がりの主婦をターゲットにするなら、もっと深くセクシーな男の声、そうだ、バリー・ホワイトなんかどうだろう。いや、バリー・ホワイトは十年ほど前に亡くなってしまったが、あのディープヴォイスに準じた響きが欲しい。そう思って選び出そうとするのだが、今、渋い声の男の人って少ないのではないか。TVに出演しているタレントさんなどを思い浮かべてみても、声高に笑いを取るような人ばかり。俳優さんとかも、番組予告では、しょっちゅう泣き叫んでいる。もっと落ち着いた声の人はいないものか。バリー・ホワイトなんていう無茶は、もう言わないよ。

廃品回収車のアナウンスに、これほど心を砕いている女の小説家って、私だけじゃないかしら。家事の最中もそうだが、仕事をしている時にあれが流れると、苛々がつのって切実に思う。あの声で、業者さん、絶対に損してるって。女心を引き付ける味わい深い声に変えれば、世の奥様方は、その巡回を待ち望むであろう。はっ、耳で聞くのに味わい深いとは、これいかに。でも、魅力的なものって、本来の感覚器官を喜ばしく混同させるよね。饒舌な瞳、とか。デビュー間もない頃、このフレーズを使った私の小説に、「目は話さないのでは?」と問題提起の書き込みをしてくれた編集者の方がいたわね。当人は、もうそんなこと忘却の彼方だろうが、私は、今でも忘れていないからねっ。

まあ、そのような過去の怨念はともかく、家事の手を止めさせる素敵な声捜しだ。いや、しかし、日本にいるバリー・ホワイトもどきの声の持ち主といっても、ダーク・ダックスの一番低音の人(大ざっぱですみません)しか思い浮かばない私。そんな子供の頃のおぼろ気な記憶を引っ張り出してもねえ、と思いながらTVを観ていたら、FMの長寿番組「ジェットストリーム」のCD化の告知が。それも城達也さん版のナレーションのやつが。ああっとばかりに、すぐさま大学時代に引き戻される私。バイトからまっすぐ帰宅した日は、いつも聴いていた。テーマ曲の「ミスター・ロンリー」の流れる中、孤独を嚙み締めるミス・ロンリーだった私。哀しくも幸せな「ぼっち」な子であるのを満喫していた。今も昔も、私、ぜーんぜん孤独な状態が苦にならない。と言うか、むしろ大好き。あの頃も、田辺聖子さん言うところの「お気に入りの孤独」を城達也さんの声と共に堪能していたっけ。貧乏だったから、いつも明日の生活費のことを気にしていたけど、彼の声を聞くと、ほおっと安堵の溜息が出た。やっと今日いち日も切り抜けたなあ、と心から安らぐことが出来たのだ。あの、浮き世のしがらみをするするっと抜いてくれるような声……あ、そうだ。彼の声のそっくりさんが良いんじゃない？「ミスター・ロンリー」を流しながら、それぞれの御家庭のジャンクを回収する。いや、駄目だ。ヒーリング効果が出過ぎて、不用品だった筈の物が愛情を取り戻してしまうかもしれない。ほんと、ある年代以上の人たちにとって、城達也さんの声と、そのバックグラウンドに流れる「ミスター・ロンリー」って、追憶のテーマだよなあ、と思う。実は私も、十何年か前にこの番組にゲスト出演したことがあるのだが、あの学生アパートで一日の終わりのくつろぎを甘受していた頃の私に教えてやりたいな、と感慨深くてたまらなかった。もちろん、城さんはとうに亡くなっていて、あの声を直に聞くことは叶わなかったけど。

九〇年代を過ぎるまで、私は、自分のＴＶを持ったことがなく、いつもラジオを聴いていた。ラジオに馴染んだ人なら誰でもそうだと思うが、人の声の重要さを感じている。好きな声というのは断固としてあって、それは、好みの音楽を決定する時のセンサーと同じものを使って選び取っているのではないか。自分の鼓膜が反射的に選んで震わせるヴァイヴには、フェティッシュな共通性があるに違いない。

そう言えば、あの頃、やはり夜更けに放送していたＮＨＫ　ＦＭの「クロスオーバー11（イレブン)」という番組も好きだった。エンディングの時、「もうすぐ、時計の針は十二時を回ろうとしています。今日と明日が出会う時、クロスオーバーイレブン……」というナレーションが入るのね。それを聞くたびに、孤独を噛み締めるミス・ロンリーだった私は……(以下略)。

フュージョンという呼び名が出て来る前、ジャズと他のジャンルが融合した音楽をクロスオーバーと呼んでいたのだった。奥泉光みたいなジャズフリークには軟弱と馬鹿にされちゃうけど、私は、大好き。高校から大学にかけての思い出がぎっしり詰まっているのね。つき合っていたボーイフレンドと並んで座り、背筋を伸ばしてマイルス・デイヴィスの「アガルタの凱歌」を神妙に聴いた、ジャズ喫茶でのあれこれ、とか。確か高校二年生の頃だった。あの日以来、私は、マイルスの大ファンになった……というのは大嘘で、ジャズのくせに、ずい分電気いっぱいのグルーヴでやかましいんじゃないのお?……と、どんどん遠ざかって行くロマンティックムードを脳内で必死に追いかけるのであった。今思い出すと、ほんと笑える。マイルス初心者にいきなり、あれって……。隣にいた男子は、目を閉じて体を揺らしていたが、ボブ・ジェイムスとかのメロウ(死語)なエレキピアノでも当てがって置いた方が、連れの恋に恋している女子(私)を

其の十二
[トランペットを吹く顔編]
マイルス・デイヴィス

その気にさせたんじゃない？　そういや、彼の声って、どんなだっけ？　わーん、思い出せない。過去の恋は、過去の声。ポンちゃんにとって、感心することしきりの発見は、get good marks 4 having some extravagance. 夫婦で高円寺散歩中に「割烹ＤＩＳＣＯ大蔵」なるへんてこスポット見ーっけ。

日々、満足を焼き上げる

関東に記録的な大雪が降り、首都圏もパニックに陥ったその日は、二月八日。私の誕生日であった（あ、船戸与一のおっちゃんと山本寛斎さんも、ジェイムズ・ディーンもジュール・ヴェルヌもジャック・レモンもトム・ラッシュも……誰？……以下略）。ホワイトクリスマスならぬホワイトバースディだわ、とはしゃいでいたのもつかの間、このエリアの高い建造物はうちのマンションだけという状況の中、最上階の我家はものすごいことになっていた。

日頃、うちはここからのヴュウだけのためにお金を払っているようなものなの、と自慢しているだだっ広いルーフバルコニーだが、まともに雨風を受けるので台風の時などは大変な事態となる。たぶん階下の三倍くらいは体感災害恐怖度（？）が増していると思う。もう駄目！　うち、吹き飛ばされる！　と何度身を縮めたことか。え？　マンションなのに有り得ないって？　いーや、このすごさ、ここにいなくては味わえない。吹き飛ばされる、は大袈裟としても、窓ガラスが割れるかもしれないという不安には嵐のたびに襲われているのである。三方がガラスに囲まれているので、穏やかな日には快適なサンルームのようになるのだが、ひとたび荒れた天候になると、ハリケーンに直撃されたへぼい温室みたいな様相を呈して来る。

雪の日もまたしかり。しんしんと静かに降る雪であれば、余裕で雪見酒、と決め込むのだが、今回のそれは……吹雪の中の山小屋にいる心持ち。容赦ない風と雪の吹き溜まりと化した一角なんて、積雪量最大一メートルを越えていた。軒下にはつららが何十本も。一番長いやつなんて七十センチくらいあった。つららなんて見たのは何年ぶりだろう。はー、びっくりした。

などと呆気に取られて窓の外をながめていたら、知人から誕生祝いの電話が。お互い、ここ数日は外出に気を付けようなどと注意喚起を促した後、電話を切る際、彼が言った。

「週末ですけど、外出は控えてソチ・オリンピックでも見ましょうね」

「ああ、オリンピックね。そういや、深夜、ソチで私の誕生日の前夜祭をやっていたみたいだけど、何か関係が？」

「……そういうばち当たりなこと言ってると、そこんち雪で埋まっちゃいますよ。まったく、相変わらず非国民なんだから」

いや、非国民になる前に、もう埋まってるんだって。バルコニーに照明があるのを思い出して点けてみたら、そこだけ苗場だったんだって。そして、窓の下を見ると白川郷。その日仕事で都心にいる夫が帰って来られるのか否か、非常に気に掛かりながらも、軒下の雪に祝いのシャンパンの瓶を差し込む私なのであった。

この程度で東京の人間は大騒ぎするんだから、と雪国の人々は決まって呆れる。私も幼ない頃に北海道や日本海側に住んでいたので、そう言いたくなる気持は解らないでもないが、やはり東京は大雪に対処出来ない街。でも、仕方ない。積もるのはもちろん、雪が一日降り続けるだけでも冬の非日常なのだ。いい気なもんだ、と言われても大騒ぎするし、ロマンティックな気持に拍車をかけもする。

もう十五、六年前のことだったか、大雪の止んだ夜、街灯の下で、当時ちょっとだけつき合っていた若者と、雪の上に傘を使って愛の言葉の書きっこをしたっけ。ええ、グレイト　グランマの時代は、そうやって雪を恋に利用したものですよ。地球温暖化が始まる前でしたからねえ（曾孫に語ってるつもり）。あの男の子、今頃、どうしているだろうか。願わくば、私のことを不意に思い出すことすらないであろう、遠い街であるパラグアイのアスンシオン（ヒューストン、サン・パウロ経由で41時間49分）にいて、太ったラティーナとの間に三人くらい子供をもうけて、現地の人相手のギーソ（トマトシチューで作ったパラグアイの雑炊）専門スタンドか何かを開いて、日々の生活に追われていて欲しいものだ。つまり、過去の思い出も霧散してしまい、この先の未来の接点もまったく見えない場所にいてもらいたい訳よ。

過去のロマンティックな恋の記憶の中には、正確に保存しておきたいものと、一刻も早く忘却の彼方に去って欲しいものの二種類があり、ほとんどの場合が後者。わーっ、なんであんなにも、ひとりうっとり状態でいられたんだーっと身悶えすること数限りなし。そういう時、相手は相手でひとりうっとりしているのが常なので、冷静になってみると、自己陶酔している二人の人間による世にもコーニィ（陳腐で古臭い）なシチュエイションコメディがくり広げられていたのに気付く。そして、あーっ、と叫び出したくなるのだが、そのたびに、落ち着け、落ち着くんだ！　敵は、アスンシオンにいるんだ、と心の平静を取り戻すのである。この場合、ウルグアイのモンテビデオ（ニューヨーク、カンクン、パナマ経由で39時間30分）でも良いのだが、地理的かつ公共の交通機関を使って行ける日本から一番遠い国はパラグアイなのだとか。

え？　アルゼンチンのブエノスアイレスでもたいして変わらない？　駄目駄目！　これだから、陳腐な恋における素人さんは困るね。ブエノスアイレスだと、あのウォン・カーウァイの気怠くやるせない映画の題名になっちゃうじゃないの。どうでもよい奴に格下げする筈の別れた男が、レスリー・チャンやトニー・レオンにすり替えられちゃうかもよ。ああ、私よりも男を選んだのね、とか、しみじみしたりして。そんな事態は断じて避けたい！　だからこそのパラグアイなのである……って、パラグアイの皆さん、ごめんなさい。物理的に一番遠いってだけで、私の過去の恋の落とし前をつけさせてしまって……なんて、こんなところでちっちゃく謝っていてもどうせ意味はないだろう。だから、捏造する。私の過去のコーニィな恋に登場した男たちは皆、今現在パラグアイに住んでいて出国の予定、永遠になし（ウルグアイでも可）。

ところで、話は変わるが、十五年間使い続けて来た我家のオーヴンレンジがついに動かなくなった。何年か前に一度修理して以来、たびたびへそを曲げながらも働いてくれた偉い奴だったのだが、ついに反乱を起こして、タイマーの数字は勝手に変わり続け、押してもいない機能ボタンが点滅し続けるという事態に……はっ、前回、東海林さだおさん以外の人が食材を擬人化するのは、まったく好ましくない、と書いて反省したばかりなのに、今度はオーヴンを擬人化……うぅん、いいの、ほら、よく車好きの男が自分の愛車を女にたとえたりするのと同じ文脈ってことで。そう、オーヴンは、私のベイビーマシンなの。

私のオーヴン歴は長い。あれは、高校一年生の時だったか、どうしても欲しくて、小さなものをクリスマスプレゼントとして両親にねだったのね。まだ、家庭料理にオーヴンを使うのが一般的ではなかった頃のこと。ピザやグラタンなんて外食でなければ食べられなかったし、田舎に、そういうものを出す店は多くなかった。東京の人には信じられないかもしれないが、ファミリーレストランが登場するのも、それから数年後のことになるのだ。

で、渋る両親にしつこく攻勢をかけ、ついに口説き落として、手に入れることが出来た。それは、オーヴントースターに毛の生えたようなものであったが、私は大満足。毎日のように粉と格闘するようになった。台所を粉だらけにする私に再三の注意を促していた母であったが、ある時、ついに堪忍袋の緒が切れて怒鳴った。

「クッキーだ、ケーキだって言って、こんなにおだいどこ汚しておきながら、家族に食べさせたことなんて一度もないじゃないの!!」

……ごめんなさい、と謝りながら、実は、心の中でこう毒突いていた私である。そんなの、当り前じゃん！　手作りのお菓子は好きな男に味見してもらうのが女子の本懐ってものだろうよ、と。調理実習の後にいそいそと料理を包んで、つき合っている男子の元に運んでいた女子たちを横目で見て、ふん！　媚びちゃってさ、と鼻で笑い、意味不明に可愛気のない自分を演出していた私だが、内心、それはそれは羨しかったのね。そういうことをする子たちは、今で言う「女子力が高い」面々で、何故か、皆、いちように髪の毛がつやつやしていて頭を揺らすたびにシャンプーの香りが漂っていた。そう、私の脳内で勝手に天敵呼ばわりしていた可愛くコケティッシュな女の子たち。彼女らを見るたびに感じる劣等感を打ち消したくて、おかしな方向に自意識を発達させて、食えない文学少女への道を辿って行った私。今思うと、ほんっと、可愛気ないったら！

しかし、そんな私でも拾う神ありで、やがて、男の子とつき合い始める。で、むらむらと意欲が湧いて来たのね。皆そろって作る同じメニューなんかとは格の違うものを作って、彼の度肝を抜いてやる！　もう、アイデンティティの証明のような勢い。私、ほんと、馬鹿。彼は、その後、何度となく石つぶてのようなクッキーや円盤投げに相応しいケーキの試食を強要されることになるのであった。さぞかしつらかったであろう。ごめんよ。

当時の私のカリズマは、洋菓子研究家の今田美奈子さん。実家に帰ると今でもあのすり切れた洋菓子のレシピ集があって、ながめるたびにしみじみとしてしまう。現在では、お馴染みになったクッキーやケーキ類のあれこれが、当時は写真で見ることしか叶わなかったのだ。これ全部、作ろうと思えば作れるんだ、と思うとわくわくした。

で、開拓者の気持でひとつひとつトライして行ったのだが……。実は、私、甘いもの、あんまり好きじゃなかったのね。意欲に燃え過ぎていて忘れてたが、子供の頃から、おやつにはドーナッツやお饅頭よりも、チーズや柿ピーを喜ぶタイプ。チョコレート以外の甘いものは、ありがたくないなあ、と敬遠していたのだった。

それなのに、異性を意識した途端に菓子作り！　ステレオタイプな男に好かれる女の子をやってみたくなったのね。恐るべき刷り込みだ。今だったら、えー？　パティシエって男の仕事でしょ？　と男尊女卑ならぬ女尊男卑な発言を平気で口にする私だが、あの頃はやはり、もてたいお年頃だったのね。

そして、作った。とてもじゃないが美味とは言えぬスウィーツの数々を。それが初心者だからではないのが、自分にも解った。私は、お菓子作りのセンスがない！　そう悟ったのである。残り物の煮しめをアレンジして、美味なる和風パスタを仕上げる才能があるというのに！

そっか、向いてない訳ね、とようやく気付いた頃、いつのまにか、すぐ下の妹に出し抜かれていたのを知った。お姉ちゃん、オーヴン使っていい？　と聞かれるままに許可していたら、彼女は、中学生にして、世にも美味なるパウンドケーキを焼き上げるようになっていたのだ。甘みを極力抑えたそれは、ケーキ類の苦手な私も、うっとりさせるほどだった。私が焼くたびにぺしゃんこにしていたシュークリームの皮も、ふっくらと膨み、それなのに外側は香ばしくカリカリだった。きーっ、これって、軒を貸したら母屋を取られるってやつ？　もう止ーめたっと。

以来、私は、好きこそものの上手なれという言葉は、センスと才能に裏打ちされなくてはならないと学んだのである。努力だけじゃ駄目。パイ生地練ってたら、打ち粉の量が多過ぎて、白いボーリングの玉みたいになっちゃうしさ。仕方ないから、毎日、パイを食べていた。お菓子系は、もう諦めたので、シチューやミートソースを入れて焼いた。食事としてのパイを焼く腕がどんどん上がって行くにつれて、男受けというモティヴェイションも下がり、つき合っていた男子とも別れてしまった。それから、お菓子らしきものは焼いていない。どうせ焼くなら、ローストビーフやターキーだ。大きな肉をオーヴンに入れる時、何だかとっても原始的な喜びを感じるの。え？　シフォンケーキ？　フィナンシェ？　マドレーヌ？　ふん、そんな女子供（©伊集院静氏）のおやつのために、マイ　ベイビーマシンがあるのではない。ここで、忌野清志郎の「雨あがりの夜空に」を歌ったっていい。その勢いなら、「はじめ人間ギャートルズ」の骨付き肉だって、いともたやすく焼き上げられるだろう。それには、まず壊れたオーヴンを何とかしなくては……ということで元に戻る。

我家のオーヴンは、ガス台の下に埋め込まれたビルトインタイプと呼ばれるもの。業者さんに見てもらったら、もう部品が残っていない上に、ガス台の方の寿命も風前の灯だという。実は、私も調子悪いなあ、と感じていたのだ。で、少々大がかりな工事だし、予定外の出費も痛かったが、危険を伴う器具でもあるし、この際、二つ共、買い替えることにした。

で、その工事日のこと。大きな台車を押して、担当者がやって来た。おじいさんに近い風貌のおじさん。ものすごく丁寧で感じが良く、ひと目見て信頼出来そうだと思った。長年ひとつの仕事に誠実に対峙して来た故の自信が漂っている。

彼が家の中に入って来た瞬間、私は、あれ？ と首を傾げた。しかし、その時は、その「あれ？」の正体が解らない。決して不快ではない疑問符が頭の中に飛んだまま工事は始まった。その間、私は、隣のリビングにいて雑誌を読みながら待っていたのだが、時たま呼ばれて台所に足を踏み入れ、そして、また、あれ？ そのたびに、あれ？

その「あれ？」の正体が解ったのは、すべての工程を終了し、説明書と照らし合わせながら使い方を教えてもらい始めた時である。担当者の体に、私が一番近付いた瞬間、あっ、そっか、と思った。彼の全身から、何とも言えない香ばしい匂いが漂って来るのである。それは、オーヴンを使い慣れた者だけが解る香り。甘く燻されたような、そして、それを長年寝かせて、落ち着かせたと感じさせる風味。ああ、と思った。この人の体には、役目を終えた数え切れないくらいのオーヴンの歴史が染み付いている、と。いいなあ、とこっそり溜息をついた。これ、若造じゃあ駄目なのね。地道にキャリアを重ねて来たおじいさんだけが放つ技術のかぐわしさ。こういう人たちに敬意を払う社会であって欲しいなあ、と切に願う。ポンちゃんにとって、日々の満足は、dipping my precious time in nutritious human flavaで得るもの。高校時代、ヴァニラエッセンスを香水代わりに使って、こっそりスウィートな演出をしてみた私。ほんと、馬鹿。まるで効果なし。

ポンちゃんの
変顔
コレクション
其の十三
[サバイバル編]
都会の雪の夜に凍える人

面倒だから、楽しみ尽くそう春

この間、雑誌の何でもランキングのようなページに目が止まり、新作映画やCDの人気順位をながめていた時のことだ。そこにはもちろんベストセラーランキングも載っていた。小説はなかなかこういうところに入って来ないなあ、などと溜息混じりにチェックしたら、こんな本が。

『面倒だから、しよう』（渡辺和子著　幻冬舎刊）

あ、解る、と咄嗟に思った。私も若い頃、恋人同士になるまでの男女のかけひきが苦手で、とてつもなく面倒に感じられることがあり、取りあえず、してから考えようっと、と相手のベッドにもぐり込んだ経験が少なからず、ある。あー、私もそうだった、そうだった、と同意してくれる女の人は、とても多いのではないか。その時の心境って、まさに、「面倒だから、しよう」だよね。だから、この題名を見た時、我意を得たり！　とすっかり嬉しくなっちゃった訳よ。こんな過不足ない冴えてるタイトル思い付く作者はどんな人？　え？　渡辺和子さん？

……どこかで見たことがある御名前である。えーっと、としばしの間考えて思い出しました。二〇一二年に『置かれた場所で咲きなさい』（幻冬舎刊）が大ベストセラーになったカトリックのシスターの方でした。御年八十七歳。その本には、生きるに足る人生の指針が温かい言葉で綴られているという。そして、『面倒だから、しよう』は、その続編にして実践編だとか。これまた慈愛に満ちた筆致が読者の琴線に触れて来る良書であるらしい。

……ふえーん、ごめんなさい。私のビッチな予想とは大違いの本のようです。何という罰当たりな勘違いをしてしまったのか。何でも聞くところによると、〈〃優しい〃という字は憂いの傍に人が立っている〉などの心に残るフレーズが満載なのだそうな。

そういや、いらんことを思い出したが、私の子供の頃、〈明日という字は明るい日と書くのね～〉という出だしの歌があったっけ。確か二番は〈若いという字は苦しい字に似てるわ～、涙が出るのは若いというしるしね～〉で始まるのである。この歌の題名は「悲しみは駈け足でやってくる」。歌っているのはアン真理子という人だ。小学生の頃に耳にしたこの歌を、何故こうまで明確に覚えているかというと、漢字の正体を見たようで、すごく興味深かったから。だって〈若い〉は〈苦い〉に似てるっていうんだよ？　なーるほど！　と膝を打ちたくなるではありませんか（膝を打ってる子供って全然可愛くないが）。

いいえ、別に私は、昔の歌謡曲と高名なシスターのありがたいお言葉を一緒にしようという気持は、さらさらないのであるが、憂いの傍に人が立って優しいと読むって……アン真理子さん！　歌って下さい！　相田みつをさん！　カレンダーに書いて下さい！

ちなみに、若い頃「面倒だから、しよう」が信条だった私は、年を取るに従って「面倒だから、しない」という境地に辿り着き、そう言えば、昔、年上の女友達が「面倒がらずに、しないと……」と自身に言い聞かせるようにして溜息をついていたっけ、などと思い出している。そうだよね。あえて引き受ける面倒が、さらなる愛と快楽を運んで来たりもするのだ。男と面倒は使いよう。みんな違って、みんないい。にんげんだもの。byみつを。いや、だから、渡辺和子さんの本とそこ、何の関係もないんだってば！（相田みつをは引用されているらしいが）

ところで、話は変わるが、この号が出る頃には、ずい分前のことになってしまうアカデミー賞についてのあれこれだ。これとグラミー賞は、絶対にライヴで観ることにしている私。編集してしまうと、取り繕ったスターの表情しか見られないのでつまらない。で、朝っぱらからTVの前に陣取って、ためておいたアイロン掛けなどにいそしむ。家にTVのない時代は、近所の友人の家にお邪魔してまで観ていた。アメリカのショウビズ界の最大公約数みたいなものを目の当たりにする気がして、感心したり理解不能に陥ったり、その揺れ幅の大きさが楽しい。日頃、聞くこともない類《たぐい》の音楽や関心を持ったこともない俳優をながめる機会は、この日だけ。そういうのも知っておかないと、好きなものについて語る時、信憑性を獲得出来ないような気がするの。もちろん、悪口を言う際にもね。

毎年、え？　今さらこの人引っ張り出したら可哀相なんじゃないの？　と言いたくなる往年の大スターを登場させるが、今回驚いたのはキム・ノヴァク。ショックだったなあ。いや、それは、八十一歳のおばあちゃんになっていたからではなく、その年齢《とし》なのに、顔の皮膚がぱつんぱつんに張っていたから。引っ張り上げ過ぎて、不自然な箇所に放射状に皺が寄っていた。ほら、皮膚をつねると誰でも見ることの出来るあの皺。それをさらに伸ばそうとしたのか子供の描くお日さまみたいな線がその上に。あー、いったい何故!?　あの「ピクニック」に出た時のまま、良い具合に老いて満ち足りた人生を証明するような皺を刻んで欲しかった。

美容整形は個人の自由で、私自身は絶対にしないが、他人がするのに反対もしない。明るい気持になれるのであれば、した方が良いと思う。……しかし……私の知る限りちょうど良い感じで止まっている人は少ない。明らかにやり過ぎで、本来の意図から外れて行く人のどれほど多いことか。もう、それ、美の領域から外れてるから！　と言いたくなった人々を何人も見て来た。特にアメリカで。あの国では、理想の美を体現した白人女というステレオタイプなイメージがまだあって、人種年齢を問わず、そこに近付きたがる人々が少なくない。もちろん、そんなのとっくに時代遅れじゃん、と思う人々は昔よりも圧倒的多数にはなったが、いまだ棲息しているんだなあ。

そして、それよりもすごいのは、アンチエイジングを掲げた整形。これは、もう大手を振って肯定しても誰も何も言わない。ここでは、人種に誇りを持て！　なんて類の説教を誰もしないから、どんどんエスカレートして行く。誰か言ってくんないかなー、年齢に誇りを持てって。

年齢なんてただのナンバーと歌ったのは、歌手で女優だったアリーヤだが、その時の彼女は、わずか十五歳。年齢は関係ないと年取った女が言うのとは全然違う意味に使うのがアメリカという国。結局、彼女は、若くて美しいままの二十二歳で飛行機事故で死んじゃった。きっと、皺が出るまで生きたかったと思うよ。

若い外見を重要視する一方で、そういう考えを揶揄する見方も必ずある。昔観た「永遠《とわ》に美しく…」という映画は、若さと美に取り憑かれた二人の女とその間にはさまれた美容外科医の男をめぐるブラックコメディ。その二人の女というのがゴールディ・ホーンとメリル・ストリープで、どちらも、まだ若くぴかぴかしていたので、そこに登場する美容整形と不老不死の薬というアイテムが、ただ荒唐無稽に感じられたものだ。アカデミー賞の視覚効果賞を受賞した特殊メイクによる彼女たちの老いによる変貌ぶりは、ほとんどホラームーヴィの域だったし。だから、出演者たちも、そこまでの美への執着を徹底的に笑い飛ばしている、と思っていた。

ところが！　プレゼンターとして、ゴールディ・ホーンが出て来てびっくり！　キム・ノヴァクと同じようなぱつんぱつん状態！　いったいどうして？　彼女だったら、皺のあるチャーミングなファニーフェイスで、素敵な年齢《とし》の取り方を証明出来たのに。サリー・フィールドみたいな味のある恋多きお母さん役が出来たのに……ぱつん、ぱつん……そして、やはり子供の描くお日さまが……。客席で、夫にピザを手渡していた（そういう演出だった）メリル・ストリープのなごやかな笑顔と大違い。思いきり笑ったら絶対に皮膚が裂けて、中から変な生物が出て来る。あるいは、空洞が出現する。ちょうど、あの映画みたいに。

悲しいことに、キム・ノヴァクもゴールディ・ホーンも、あれだけ顔の皺を極限まで伸ばしているくせに、その手の甲は、おばあさん。太い血管がもりもりと浮き上がっているのだ。手も整形が出来ると聞いたけど、何故、そこまでやらなかったんだろう。「ジ　オスカー　ゴーズ　トゥ……」と言う時、世界中の人の視線が封筒を開ける手に集中するというのに。美容整形って、トータルバランスを求め始めると、ほんと、お金も手間もかかりそう。あ、面倒も。私、いいや、あっさりとおばあさんになろうっと。ファンキーな年寄を目指すことにする。

さて、今年の栄えある作品賞に輝いたのは、スティーブ・マックイーン監督の「それでも夜は明ける」。黒人監督初の快挙ということだが、ねえ、この邦題、何とかならないのー？　原題は“12 YEARS A SLAVE” 十二年間奴隷として、みたいな意味か？　原題のままで充分良かったんじゃないでしょうか。私、「明けない夜はない」とか、「止まない雨はない」みたいなフレーズ、大嫌いなんだよね。出来の悪い演歌みたい。当り前のことを思わせぶりに言っちゃってさ。

この連載で、しょっちゅう取り上げている映画の邦題問題だが、また蒸し返すことにする。この間、ケーブルTVの番組プログラムをチェックしていたら、同じページに載っていたのが、

「最高の人生の選び方(原題"THE OPEN ROAD")」

「最高の人生の見つけ方(原題"THE BUCKET LIST")」

原題、全然違うじゃん！ ちなみに前者はジェフ・ブリッジスとジャスティン・ティンバレイクが出演するロードムーヴィ……らしい。まだ観ていないのだが、往年のプロ野球の名選手である父と同じ道を進んだ息子との関係を描く感動作なのだとか。

そして、後者は、モーガン・フリーマンとジャック・ニコルソンの掛け合いがたまらなくいとおしい、私も大好きな作品だ。原題のバケットとは棺桶のことで、余命を宣告された後、そこに入る前にやって置きたいリストを実行しようとする二人のおじさんの奮闘記。観終わった後、すごーく心があったまる。

この二作、味わい深いヒューマンドラマという共通点はあるようだが、だからと言って、こんなにも安易に似た題名を付けてしまうって……映画、愛してないんじゃないの？ 外国映画を日本の観客にプレゼンテイションする気構えがなってないんじゃないの？

そういや、韓国映画でも、

「美しき野獣(英題"RUNNING WILD")」

「哀しき獣(英題"THE YELLOW SEA")」

という双子？ な題名が。前者は、クォン・サンウとユ・ジテが暴れまくる刑事と検事のアク

ション映画。そして、後者は、中国から、ある目的でやって来た朝鮮族のキャブドライヴァーが暴力社会に身を投じるクライムムーヴィ。「チェイサー」で絶讃されたナ・ホンジン監督の作品だ。

どちらも、ヴァイオレントなシーンが、これでもかこれでもかと登場するが、暴力　イコール獣という図式、手を抜いているのでは……とここまで考えて、はっとした。もしかしたら韓国語の原題は両方に「獣」が付いている？（いや、たぶん違うと思う）関係ないが、私は「獣」は嫌いだが「けもの」は大好き。どこがどう違うんだ、と言われちゃいそうだが、いたいけな哀しみを感じませんか、けもの。

話は受賞作の「それでも夜は明ける」に戻るが、この主役の黒人俳優、キウェテル・イジョフォーは、前から気になっていた。と、いうのも十年近く前に公開された「キンキーブーツ」という映画でドラァグ・クイーンの役をやった時、エイミーに似てるよ、と何人かの人に言われたのだ。えー、ほんと？　と気になって、DVD化されるやいなや観たのだが、なるほど、と思った。確かに、昔ニューヨークで、ナイトクラビングに精を出していた頃の私に似ているような。でも、八〇年代後半から九〇年代にかけてのあの時代って、最先端で一番格好良い人種がドラァグ・クイーンで、ニューヨークのクラブキッズの多くが彼ら（彼女ら？）のスタイルを取り入れようとしていたのだ。私も同じ。そのせいか、アフリカ系の女装の人たちは、クラブのパウダールームで、すごく親切にメイク指導をしてくれた（これ、ちょーだい！　とメイク用品を取り上げられたことも）。そんな経験が実を結んで、私が「キンキーブーツ」の準主役に？……いや、本物の、このキウェテル・イジョフォーさん、女装なしだと、無骨な黒人のあんちゃんなのでした。でも、その中に繊細さと心優しさが垣間見られるからか、小さいながら重要な役どころに引っ張りだこ。ヒュー・グラント主演の「ラブ・アクチュアリー」では、キーラ・ナイトレイの新婚の夫役を好演している。あの映画、ほんとに魅力的で、人生捨てたもんじゃないなあ、と思える、私の中のオール　ザ　タイム　ベストのひとつ。

そうだ、これを言うと、相変わらず馬鹿なこと考えつくなあ、と笑われちゃいそうだが、我が家には、アカデミー賞ならぬ、ヤマダミー賞というのがあって、これは、山田家に多大なインパクトを与えた、私たち夫婦を含む人、縫いぐるみ、物、料理など有形無形を問わず月に一度授与されることになっている。

何しろ、私も夫も、その対象になっているので、行動は慎重にならざるを得ない。少しでも突飛な行動を取ったりすると、もしかして次のヤマダミー賞ねらい？　と疑わしい目で見られるので大変だ。野心を悟られないようにするあまり、私などは、わざと今ひとつの味の料理をこしらえてしまうこともある（ほんと）。賞は選考する方もされる方も苦労が絶えないものだが、うちなんか同時に両方を兼ねてるんだもの。そりゃ、大変さ。石ころやなすびにも価値を見出した武者小路実篤先生の心境だよ。

ヤマダミー賞を制定してみて解ったが、月に一度、身近なところにある誉めたたえるに足るものを選び出すって、何と難しいことだろう。と、同時に、生活そのものの大切さを知らしめるのに、とても有効な方法であるように思うのだ。日常には、宝物が埋まっている！　そのことをいつも意識しながらも、私は、こっそり次回の受賞を見据えて、世にも美味なる焼そば（選考委員のひとりである夫の好物）を開発中。桜海老の上等をたっぷり入れるのが良いようだ。

ポンちゃんにとって、日々の面倒は、supposed to be an eye-opener 4 precious toys on my mind. 若い頃、ビッチ同士の喧嘩で飛び散ったプラスティックの鼻の中身をクラブで目撃。ぶるぶる。

其の十四
[ぱつんぱつんな肌の女優編]
ゴールディ・ホーン

いつも心に秘宝あり

この間、野菜籠から手に取った人参の手触りに少しだけ異和感を持ちながらも、ルーティーンな感じで、何も考えずにまな板に載せて、ざっくりと包丁を入れた。そして、切り取られたヘタを見て、びっくり！　双子の人参だったのだ。葉の出所が二箇所あり、双眼鏡のようなルックスのヘタ。何かに似ている。そうだ！　E．T．だ！　あの映画の中に出て来た宇宙人にそっくり！　うわーっ、初めて見た。どうりで、つかんだ瞬間、ずい分大きくて平たい人参だな、と異和感を覚えた筈だ。人参二本分が、ぴったりと張り付いて、ヘタから下が一本になっちゃっている。これ、どうする？　捨てるのは惜しいんだけど……あまりにもE．T．に酷似しているんだけど……と思った私は、そのE．T．もどきのでっかい目の下に、油性マジックで、歯をむいた口を描き、不気味度を強化してみた。うへー、我ながら気持悪ーい。これはもはや人参ではない。遠い星からやって来た生物の首なのよ。特別天然記念物として展示しなければ……という訳で、豆皿に載せて台所の隅に置いておいた。もちろん、それを目撃した夫は、気味悪がって撤去を申し立てたが、無視。だって、宇宙からの贈り物だよ？　しかし、その内、どんどん水分が抜けて行き、本格的にホラーの様相を呈して来た。それでも、我家の干し首だよ！　と無理矢理自慢していた私だが、とうとう業を煮やした夫によって、ゴミの日に出されちゃった。たぶん、E．T．フォン　ホーム、とか言っていたと思う。さようなら、マイ　E．T．。スピルバーグの映画の中に戻るのよ、いとしの干し首……いや人参だったけど。

実は、私は、本物の干し首を見たことがある。アメリカの観光地を旅すると、必ず「ビリーヴイット　オア　ノット！」というアミューズメント施設を見かける。そこは、世界中の珍奇なものがいかにも胡散臭い様子で陳列してあったり、入場者に仕様もない悪戯を仕掛けて驚かせたりする、まあ他愛もない暇つぶし場所なのだが、私の場合は、前夫と姪のかなとフロリダ旅行中に立ち寄った。

その握り拳大の干し首は、いかにも貴重なもののように、大仰なガラスケースの中で鎮座ましましていた。そこには御丁寧な説明書きが添えられていたが、最初は、オーマイガッドと覗き込む人々も、それを読んで首を傾げて立ち去って行くのであった。だって、書き出しが、こうなの。“Somewhere in Africa……”サムウェア　イン　アフリカって……アフリカのどこなんだよーっ。いい加減だなー。あれは確か、南米のある部族の風習で残されたものなのでは。アフリカ系の元夫は、ぼくの祖先では断じて、ない！　となかば本気で腹を立てていたけれど、私は吹き出しちゃったよ。だって他にも、ええ、でまかせも混じっていますが、何か？　と開き直った展示品がいくつも。当時中学生になったばかりの姪も、小さい子は信じちゃうかもね、と呆れていた。でも、あの干し首は本物だと思うんだ。だって、ちゃんと鼻毛も生えたままだったもの。

ここは、悪戯も、ほんと子供だまし。たとえば、人目を遮断したブースに入ると、あなたの健康のためにモニターのインストラクターに従って下さいとある。目の前にある大きな鏡に上半身を映しながら、指示通りのストレッチをしていると、やがて、顔の表情筋のエクササイズに入る。それは、いわゆる「変顔」作りの連続だが、ううん、気にしない。誰も見ちゃいないし、実際、日頃使っていない顔の筋肉をここまで動かすと、すっごく気持いい！　最後にインストラクターは、投げキッスをよこす。だから、こちらもつい真似して、キッス、返しちゃうもんね、ちゅっ。

そして、満足して、そのブースを出て順路に従い、その裏側に……すると、そこには人だかりが出来ていて、皆、指を差してげらげら笑っているではないか。なあに？　何がそんなにおかしいの？

人々の間に首を突っ込んだ瞬間、私は見た。私の後ろでブースの順番を待っていたマッチョなハンサムさんの作り出す数々の変顔を。最後の投げキッスの場面では、観客全員で、はやし立てながらキスを投げ返してた。そう、ブースの中の鏡がマジックミラーになっていたのだ。そのことに気づいて恥しさのあまりに、ギャーッと叫んだ私に振り向いた何人かが、ザーット　ワズユー！（あれ、きみだったんだー！）と再び吹き出した。二次被害？　離れたところで、ブースを素通りして難を逃れた元夫とかなが引っくり返らんばかりに笑っていた。

「信じようと信じまいと」と名付けられた、このアホらしいけど憎めない建物。アメリカにおけるセックス抜きの秘宝館のようなものか。

秘宝館と言えば、この間、朝の情報番組で特集されていた。地方の温泉地などではよく見かけていた、この秘宝館、今は、閉鎖、廃館が相次ぎ、もうほんの数館しか残っていないそうである。うーん、残念だけど仕方ないかなー。あれって、一回行けばもういいや、って感じの代物で、日本全国に散らばっていても、あまり意味がない感じがするし。私も一度行ったけど、永遠にファックし続けている人形とか、巨大な女体のあちこちをうろうろする一寸法師とか、ハンドル回した風でマリリン・モンローのスカートをまくり上げる仕掛けとか、仕様もないという意味では、「ビリーヴ　イット　オア　ノット！」と似たりよったり。一度見てはしゃいだら、もう充分、というところまで同じ。でも、じゃあない方が良いのかと言うと、そうではないんだな。そこにある、と思うだけで、くすりと笑いたくなるような無責任極まりない親愛の情を呼び覚ますものなの。

番組では、新しい波が来ている、とか言って、女の子グループのはしゃぎっぷりをレポートしていたけど、何を今さらって感じだ。ああいう人たち、昔、私が行った時もいっぱいいたよ。まるで、新しい楽しみ方のように紹介していたけど、あれ、初めてだから歓声を上げるのね。彼女たちがリピーターになるとしたら、次からは初体験の友だちを連れて来る時だろう。その際は、好奇心と照れ隠しではしゃぐ人たちを見て楽しむことになる。二度目から楽しむのは秘宝館自体ではない訳。

それにしても、ああいうところで、不自然なくらいに浮かれ騒ぐ女の子たちって、明らかに空気を読みながら自分の屈託のなさをアピールしている。私のセックス観って、こーんなに明るいの！　と言わんばかりだ。その引き立て役となった古びた展示物が、妙に淫靡で悩ましい。劣情をそそるのは、明るい生身の女の子ではなく、断然、こっちだ。好みじゃないけど。でも私、劣情って、日本が誇るセックスの美点じゃないかと思うの。これ、マジックミラーの向こうで投げキッス送っている国民には到底理解出来ない概念かもよ。

あそこにいたお嬢さん方、きゃーきゃー騒いで写真撮っていたけど、背後にでっかく「撮影禁止」の貼り紙が。こらーっ、TV局、何故注意しない！
　そういや、私が秘宝館のラストに辿り着いた上映室では、一番前の座席で、一人の男が素人ヴィデオ観ながらマスターベイションに励んでいたっけ。どうりでガラすきな訳だ、と思った私は、こんなところまで来て欲望を処理している人間の勤勉さに打たれて、日本独自のセックスミュージアムを後にしたのでした……というのは、半分ほんとで半分冗談。でもさ、私、常々、性欲の作り出すエナジーってすごいなって思っている訳。「待てない」力を生み出す源って何だろう、と感心したり呆れたり。小説家として、興味は尽きない。コントロール出来なくなったそれは、巨大化して溢れ出し、さまざまな現象を生み出してしまう。犯罪とか。小説もその小さなひと欠片をになっているのだろう。

　私は、ものを書くことが社会貢献であるというような考え方が、そして、そういう考え方を疑いもしないもの書きが大の苦手。私の書くものは、全然社会貢献なんてしない。でも、個人貢献はしたいのである。それも、プラスの方向ばかりでなく、時にマイナス方向でも。極めて個人的なチョイスによって形作られる価値観の舞台裏に、小説で侵入したいと切に願う。ここが、もの書きのハングリーな卑しさね。だからと言って、秘宝館で欲望処理する人に思いやりは持てないので、そういうことはおうちに帰ってやって下さいね。床、汚れるから。

　いや、しかし。これが秘宝館内の上映室ではなく、ダウンタウン　ニューヨークの場末のポルノ映画館だったりしたら……ヒューバート・セルビーJr.の『ブルックリン最終出口』めいた小説に仕立て上げられるのではないか。バックグラウンドに、あえて、ビル・エヴァンスのピアノが流れるような情景を想像したりして……なーんか、小説家って、ほんと自分の都合の良い舞台装置を引っ張り出して来るものですね。ほら、脳内でやるだけなら、安上がりだから。

時代の移り変わりによって消えて行くものは秘宝館に限らず、色々とある。昭和の匂いを保ち続けて来た古い喫茶店やら飲み屋さんなんかもそうで、閉店の噂を耳にした多くの人々が、残念がる。ああいう店は、なくなったらいかんよねーなどと言って。でもさ、じゃ、あんた行ってたの？　と尋ねると、そういう人に限ってそうでもないんだよね。実は、私も同類だったりするのだ。

この街からあそこがなくなったら、寂し過ぎるよねーなどと言いながら、じゃあ惜しいと思うほど通っていたのか、というとそうでもなかったな、と気付いて頭を掻いてしまう場所。たとえば、吉祥寺バウスシアターとか。

五月いっぱいで、およそ三十年の歴史に幕を降ろすこの映画館は、マニアックな催しや独自のセレクトによる作品上映で知られている。近所に住んでいる私は、昔から普段使いの映画館として利用していた。ごく一般的なロードショウもよくかかっていたのである。しかし、便利だからなどという理由で通っていた私と違い、カルチュアの発信地として熱烈に愛し、わざわざ遠くから足を運んでいた人も多かったらしく、閉館イヴェントも行なわれている。

閉館の理由は、建物の経年劣化と厳しい市況から、とのことだが、それを聞いた時、ええーっ、と嘆いてしまった私である。あそこのない吉祥寺って、街としてどうなのよ!?　なんて息巻いたりして。起き抜けに化粧もしないで観に行ける映画館として、軽んじて来たくせに。なくなって困るのなら、もっと大事に思って、通いつめれば良かったのに。いや、しかし、密につき合わなくても、そこにあると認識しているだけで安心する存在ってあると思うの。これからは、サンロードを通り抜ける寸前に、バウスの上映スケジュールを横目でチェックすることもないんだなあ、と何となく感傷的な気分になっている私だ。どうか有終の美は、あの場所の、あの空間を熱烈に愛した人々と共に飾って欲しい。中途半端に閉館不服申し立てをしている私のような輩は、はす向かいの西友で買い物をしながら、こっそりと別れを告げるがよかろう。

そう言えば、私たち小説家の飯の種である紙媒体も消え行くであろうと言われている。私のようにいまだ手書きで、しかも紙の手触りが大好きな人間にとっては恐怖だ……と言いたいところだけれど、実は、あんまり心配していないの。私のような紙の本フリークが絶滅するまでもってくれれば、ばんばんざいだし、もしも、その前に終わりが来たらその時はその時。どうせ、私なんかばあさんになってるし、紙に触れるフェティシズムが消えた世界になんて、何の未練もないものね。

新しいツールが登場した時、いつも思うんだけど、どうして、世の中はオール オア ナッシングの方向に行こうとするのだろう。あえて不便な方を選ぶ人間だっているのにさ。そして、それは、不便が好きということとは全然違うのだ。多くの人々が不便と見なす事柄を、ある種の人間は、心を砕き手間をかけたものとして受け取るのである。何でもありの方が世の中、多岐にわたっておもしろい。古いものをすべて駆逐しておいて、昭和は良かったなんて懐しんで欲しくない。

初めて会った人に、え？ まだ手書きなんですか？ と驚かれることがあるが、ええ、そうなんです。だって、手書きの文字って恥ずかしいじゃない？ だから、自分の筆で小説を律することが出来る訳よ。私のような野放図な小説家には、手書きの文字を自分自身に見せつけて恥を知る、という通過儀礼がとっても重要なの。だいたい、電気がないと書けない小説って何なのよ？　はっきり言わせてもらう。私こそが、胸を張って名のれる節電小説家である。メイク用のアイペンシルと脂取り紙があれば、どこでも小説世界が構築出来るんだからね、おほほ。え？　編集者の苦労？　そんなもん知らんね。私が死ぬまでは我慢しておくれ。

前に、「婦人公論」だったか、無人島に流されるとしたら何を持って行くかというお決まりの質問を各界の著名人にしていた。この種の問いはいつでも興味深くて、へえ、この人がこんなことを、と首を傾げたり頷いたりしながら読み進めていた。そして、ある学者さんのところで吹き出しちゃったの。彼は、こう答えていた。

「iPad ですね。ぼくのには○○万冊（正確な数、失念）の蔵書が入っているので、一生退屈することないと思いますよ」

あのー、無知ですいません。それって、充電しなくても良いんですか？　そんなすごいものがあるなら、私も文明開化します！　教えて下さい。茂木健一郎さん！

と、今、書いてて不安になったが、電気のない無人島でも永遠に使える機種ってあるの？　だとしたら、世界は私を完全に置いてけぼりにしちゃったんだね。

ところで、話は紙媒体に戻るが、その衰退を最も懸念される新聞業界を巡る、とてもおもしろい本を読んだ。それは『最後の紙面』（トム・ラックマン著　東江一紀訳　日経文芸文庫）。アメリカの富豪がローマに設立した小さな英字新聞社の廃刊、閉鎖を通して浮き上がるスタッフたちの人間模様を描いたオムニバス形式の小説である。新聞社が舞台ではあるが、新聞自体よりも、それに関わる人々の私生活にスポットライトが当てられている。そのライトは、決して明るいものではなく、スモーキー。煙が目に染みる、という類のやるせなさに満ちている。ウェブを拒否した新聞の行く末は……必読である。ポンちゃんにとって、新旧の比較は welcome and farewell party at the same time な感じ。冷蔵庫では胡瓜が干し指に……。

其の十五
[番外編]
E.T.に似た双子の人参
ポンちゃんの
変顔
コレクション
©2014 TERRY JOHNSON

ハッピィを求めて苦情あれこれ

トリッキー（tricky）。本来、「巧妙な」とか「油断ならない」などの意味で使われる言葉だが、この場合、「奇をてらった」、もしくは「奇抜な」、あるいは「とっぴな」の意味として受け取っていただきたい。

で、唐突ではありますが、言わせていただきたい。トリッキーなフレームの眼鏡をかけて悦に入っている男性諸君（特に四十代以降）、あなた方、ちっとも女受けしていないよ。それどころか、ああいう眼鏡を選んでしまう心持ちが許せない、とまで言われているのを御存じないか。ここで言う「ああいう眼鏡」とは、フレームが悪目立ちする白だったり、下半分だけを縁取っていたりするやつね。実際は、それかけて悦に入っている訳ではないのかもしれないが、何故かそう見えるの。あまたある眼鏡フレームの中から、それを選ばせたあなたの自意識の発露って……全然良い方向に働いていないと思うの。アピールしたいのはどういったものなのかしら。我身を貫くお洒落魂？　ちょいワル親父のライフスタイル？　つい滲み出てしまう知性への照れ隠し？　羽目を外す用意があるという表明？　すごーい！　さすが色々と考えていらっしゃる！　でも、それ、全部、無駄だから。

前にも書いたことがあるが、アメリカには、バースコントロール　グラスィズ（birth control glasses）つまり、避妊用眼鏡という言葉があり、それは、男のかけるだっさい眼鏡のことを言う。女がその気になれない故に、はからずも妊娠を避けられるから、そう呼ぶのである。その昔は、太い黒縁の度の強い部厚いレンズのものを指していた。それをかけたナード（さえない）なガリ勉くんが、外してみたら、実は、ミスター・パーフェクト！　みたいな安易なエピソードはいくつもあった。「スーパーマン」のクラーク・ケントもその種のヒーローである。

でも、私、それでいけないのは本人のうじうじした性格であって、黒縁眼鏡に罪はないと思っていたのね。世の中、あの無粋な黒縁眼鏡をこの手で外してみたいと、女たちに思わせる男は少なくないから。クラーク・ケントだってさ、あんな変なストッキングみたいなコスチュームに身を包んで空を飛んでるよか、もっさりした新聞記者でいてくれた方が、私には、ずっとセクシーに思えるけど？

で、話は、バースコントロール　グラスィズに戻るが、今の時代、避妊に最も適している眼鏡が、そのトリッキーなフレームのものではないか、と言いたいのね。色取りどりある中でも、とりわけ白！　あれ、ほんと萎えるわー……じゃなかった、乾くわー（©内田春菊さんとこの娘①ちゃん）。

昔から、この種の眼鏡をかけて無駄な存在感を強調する男は、いた。バブルの時期によく見かけた濁った黄色の太いべっ甲もどきのフレームとか、本当に嫌だった。もどきか本物かなんて、かけてる男の顔と服を見れば一目瞭然。インテリジェンスもファッションの一部だよね、と言わんばかりの軽薄な顔。おまえが言うな！　と悪態をつきたくなる「もどき」である。そう、トリッキーな眼鏡をかけてしまうと、たとえ本物とその価値を認めるべき人物でも「もどき」に見えてしまうのだ。いや、あえて「もどき」を演じたいのなら仕方がないが、本来、男の眼鏡はシンプルでなくては。

もしも、マルコムXが、あの眼鏡ではなく、派手な趣味の悪いものをかけていたら、皆、そのスピーチにあれほど心酔しただろうか。彼は、シュロン社のロンサーZYLを愛用していた。眉毛を思わせる上部の黒いセル部分はブロウラインと呼ばれるが、それに続くメタルとのコンビネーションは、あまりにもシックで、彼のラディカルな主張を、クールに引き立てていた。

この間、TVを観ていたら、あるお医者さんが出ていて、誰かの病気に対する見解を述べていた。言っていることは、まさにプロとしての意見で、なーるほど、と頷かずにはおれなかった……と言いたいところだが、その先生、私が問題視している白いフレームの眼鏡をかけてたんだよねー！　いったい何故!?　白衣とのコーディネイトなのか。でも、その顔にも話す言葉にも、まったくそぐわなかったよ。

え？　関わりのない男の眼鏡なんて何だっていい？　そう、そうなんだよ！　でも、何故か目に入って来て私を苛立たせるの。好感を持っていたタレントさんも、いつのまにか、白縁かけてるし。この間、島田雅彦の写真を見たら、デザイン過多の変なのが鼻の上に載っかってたし。おまけに、あいつったら、首に変な巻き物して、中尾彬みたいになってた。あの種の、ねじねじした綿の巻き物って、日本の男で似合う人はほとんどいないと思うの。それなのに、する！　それも決して少なくない数の男たちが！　しかも、男ざかりと言われるであろう、ただでさえ威圧感を漂わせている熟年たちの胸元で、とぐろを巻いている！　そのうっとうしさといったらどうだろう。カシミアのマフラーやシルクのストールなどにない、あの図々しい感じって何なのだろう。巻き手（？）の自己顕示を代弁してやっているかのようだ。それも中途半端に。本当にとことん洒落のめしている人は、絶対にあれらのトリッキーなアイテムに見向きもしない筈である。いや、あるいは、とことん過剰ぶりを極めて、キッチュな域まで持って行くだろう。しかし、他の人間は、真似するべきではない。

真似と言えば、プロデュース・グループ、ザ・ネプチューンズのひとりであるファレル・ウィリアムス。数々の輝かしい実績を残して来た彼が今、「ハッピィ」という曲でスマッシュヒットを飛ばしている。その彼がいつも被っている帽子（ヴィヴィアン・ウェストウッドだとか）と同じようなのを頭に載せている男子をこのところよく見かけるが、駄目！　ファレル以外にあれ似合うの、ムーミン谷のボヘミアン、おさびし山に思いを馳せるスナフキンだけだから！

ところで、その「ハッピィ」という曲は、ファレル版「幸せなら手をたたこう」といった感じで、文字通り、口ずさむだけで幸せな気分になれる。もう四十過ぎてんだよなあ、この人。全然、変わらないよ。昔から、アニメの中の登場人物みたい……などと思いながら、TVで来日インタヴューを観ていたのだが……。

ねえ！　海外のスターが来日して日本のTV番組でインタヴューを受ける時、たまに馬鹿みたいなのがある。たいてい、英語の出来ない局アナかレポーターが、くだらないことを言うのだ。

今回も、若い男性アナウンサーが、まったく通じない片言英語で、つまんないことをしつこく尋ねていたよ。絶対、あれを観て呆れ果てたのは私だけではないと思う。

「ハッピィ」を含むファレルの大ヒット中のアルバムは「ガール」というタイトル。そのCDジャケットで、彼は女の子たちのグループに混じって、彼女らと同じバスローブ姿でいる。中の写真では、皆でバスタブにつかって同じ方向を見て一列に並んでいる。女にもてちゃってるおれさま、をアピールするギャングスタ系やセクシィソウル系とは、まったく違う雰囲気だ。いわく、男女格差を問題視して全女性の隣に立つ、というメッセージを発信しているのだとか。「女の子たちがおれを仲間に入れてくれた」ことを示唆していると、ライナーノーツにはある。

それなのに、さ。男性アナウンサーは、こう言う訳よ。

「いいですねえ、次は、ぼくもここ（バスタブの中）に入るってのはどうでしょう」

ファレル、憮然として、しばし沈黙の後、ぽつりと答える。

「それは、ぼくだから出来ることなので」

にこりともしなかったよ？　その後も、どうしようもない質問を続けた後、アナウンサーは、唐突に、持参していた祭用のはっぴを取り出して羽織った。

「これ、はっぴ。ハッピィとおんなじね。プレゼントー、プレゼントー」

アナウンサー、ひとりではしゃぐ。しかし、その様子を冷たい目でながめるファレル。ああーっ、恥ずかしい！　恥ずかしいよ！　何だって、画面のこちら側にいる私が赤面しなきゃならないんだ。どうして、せっかくTV出演してくれた大スターに、あんな敬意を欠いたインタヴューしか出来ないのか。ほんっと、訳解んない。いや、もっと解らなかったのは、スタジオでその映像を観ていた出演者たちだ。

「わーっ、すべってる、すべってる」

と指を差したのは、司会者だったか。出演者たちは、皆、さもおかしそうに笑い転げていたが、ねえ、いったいどうして、笑えるの？　内輪の笑いが公共の場でも通じるに決まっていると、コンセンサスに厳密であるべきプロの人たちが何の疑いも持たずにいられるのは何故？　こいつ、どういう種類のイディオット（まぬけ）なんだ？　と言わんばかりのファレルの視線が忘れられないよ。納得して出演しているヴァラエティ番組ならまだしも（いや、その場合、笑いの質が低過ぎるという点でアウトだろう）、朝の情報番組のショウビズコーナーじゃないか。どうして、ある種のＴＶ業界の人たちって……。

そうだ、文句言いついでに、その、ある種の人々に関して頭に来たこと、まだあったのでこの際訴えてみる。そう、「壁ドン」問題である。

少し前に登場した、この「壁ドン」という言葉、知らない方のために一応説明しておくと、こういう意味なの。

公共施設内（学校や会社のビルなど）、いや、せまい路地でも良い。とにかく壁のある場所を通過しようとする乙女がいると想像しておくれ。その彼女を追いかけるのは、長身の（ここ大事）イケメン（嫌いな言葉だが、ぴったりなので、あえて使わせてもらいます）。彼は、社内（校内でも可）でモテモテ（これも嫌いな言葉だが―以下略―）なので自信に満ち溢れているが、何故か、本当に好きなその彼女の気持をつかめない。苛立つ彼は、とうとう行動に出る。彼女を追い抜いて行く手を阻むべく、壁に女の子を追い詰め、片手を着いて打ち明ける。おれじゃ、駄目か。

この、壁に片手を着いて通せんぼすることを「壁ドン」と呼ぶそうです。言うまでもなく、そうしながら、男の方は女を見下ろさなくては成立しない少女漫画的シチュエイションなので、背は高いほどよろしい。ここで、私の周囲の低身長の男たちが、差別だ！　偏見だ！　風評被害だ！　と騒ぎ出すのは目に見えているのであるが、手を着く位置の最低の高さは決まっているから仕方ないのね。いくら低くても、女の子の頭の位置以上でないと。だからと言って、垂直跳びでがんばっても意味ないからねっ。

さて、この「壁ドン」自体は、どうでも良いのである。昔も今も、女の子の心にヒットする男の行動って、あんまり変わんないのな、と微笑ましく感じるだけである。

問題は「壁ドン」のTPOに関することなのである。

その朝観ていたニュース情報番組では、関西に新しくオープンした商業ビルを紹介していた。何でも、ガラス張りの通路から見渡せるながめが最高なのだとか。なるほど、画面には、高所恐怖症の人なら足がすくんでしまいそうな、ピカピカのガラス越しの絶景が。

そこでいったい何故《なにゆえ》か、近頃はやっている「壁ドン」を、このガラスでぜひ挑戦してみたいと思います、とスタジオのアナウンサーが言い出すではないか。は？　なんで？　どうして、こんな朝っぱらから？　それも何のために、この磨き抜かれた新品のガラスで？　嘘でしょ、まさかね、と呆気に取られていたら、現地のアナウンサーが本当にやったのだ。ガラスに女の子をもたれかからせて、「壁ドン」。

その瞬間、スタジオ内、大拍手。いや、正確に言うと、フジテレビアナウンサーの軽部さんという人だけが「手の跡、付けちゃって……」と渋い表情を浮かべかけたのだが、すぐに周囲に迎合。ねえ……ちゃんと言いなよ。このロケ、ぼくの与り知らぬところで企画されたものですって！

もしかしたら、マジで、これやって良いんだーって勘違いする大馬鹿野郎が出現したかもよ。そんなのが何人も同じことやり出したら、ピカピカのガラスが手の跡だらけになっちゃう！　うわーっ、それって、昔読んで、夜、恐しさのあまりに眠れなくなった小池真理子さんの傑作ホラー小説『墓地を見おろす家』みたいな様相を呈して来るのではないか!?　あの小説は、ほんとにほんとに怖かった。三方がガラス張りという今の家に越して来た時も、それまで思い出さないように努めて来たあのストーリーが、くっきりとした輪郭を持って私の内に甦って来て、ひとり寝が出来なくなってしまい、つい、どうでも良い男を連れ込んで……（以下、自粛）……。まあその話は、こっち置いとくとして、ガラスに付いた手の跡は、たとえ、それが数少なくとも、人々の人生をだいなしにするのである（大袈裟か）。

……などと、TV業界の「ある種」の人たちに対して難癖をつけてばかりいる私であるが、もちろん、それればかりではない。大繁殖した野生動物の生態が特集されていた時のタイトルを見て、ナイス！　と膝を打ったこともある。それは、

「傍若無人な野生動物の実態!!」

というやつ。ちなみに、広辞苑で調べてみると、こうあるよ。

〈傍《かたわら》に人無きが若《ごと》しの意。人前を憚《はばか》らずに勝手気ままにふるまうこと〉

何か、人を形容する従来の使い方より、ずっと適切な用い方のような気がするよ。そっかー、動物は傍若無人だから、あんなに気ままなんだねって感じ。この特集タイトル付けた人って、あえてこの言葉を選んだのか。それとも、いわゆる「天然」ってやつ？　もし後者だとしたら、TVが、おもしろくもなり、くだらなくもなる境い目の極意が、そこに隠されているような気がす

るの。でも、それを輝かせるには、やはり、日頃、前者でい続ける努力が必要でしょう。おもしろくてくだらないものが転り込むのを期待するだけでなく、作り込む努力。それがあってこそ、魅力的な化学反応は起きる。

ポンちゃんにとって、日々のケミストリーは、conceive a child from happy fertilizer のことを指す。バースコントロール・ステテコでうろつく男が我家に一名……。傍若無人な野生動物か。

追記　この後「壁ドン」は世の中を席巻。流行語大賞にまでノミネートされるという傍若無人を発揮したが、すぐに風と共に去りぬ。

ポンちゃんの
変顔
コレクション
其の十六
「手の跡、付けちゃって……」と渋い表情のアナウンサー編
軽部真一
©2014 TERRY JOHNSON

のんべんだらりと怒る梅雨

ずーっと厳寒の地で暮らしている北極グマは、いったい、いつ冬眠するのか……という疑問と長年の間付かず離れずの関係で、ここまで来た山田です。しかし、とうとうこの間、偶然ＴＶを観ていて解明したのだ！　何と、北極グマは、歩きながら冬眠するというのである。年がら年じゅう冬だから、各自勝手にしてるって訳？　そして、敵にそれを悟られないように歩いているのか？　うつらうつらとしながら、ふらふらと歩き続けるクマ。危ねーっ、足踏み外して氷水にぼちゃんと落っこったらどうするの……あ、いいのか。

などとシロクマの運命に今、思いを馳せている小説家って、日本で私だけだと確信しているの。それにしても、歩きながら眠るって、すごい芸当だ。その昔、いつも大きく目を見開いたまま、ぼーっとしている男子が仲間内で、あいつ、カエルみたいに透明な瞼を閉じて寝てるんじゃないのか？　とそこそこ話題にされていたのを思い出す。あと、授業中に絶対見つからないよう、背筋を伸ばして教科書のページをめくらんばかりのポーズで熟睡している奴とか。見事なのか、奇異なのか解らない眠り方を体得している人は多い。

子沢山の忙しい日々を送っていた私の友人は、かつて、どんな短い時間、どんな不自然な場所でも、許されればすぐに眠りに落ち、また、すぐさま目を覚まして復活出来ると豪語していた。たとえば？　と尋ねて答えることには、全自動洗濯機の最終脱水をする数分間、などと言う。洗濯機の側に立ち、蓋に手をついて体を支えて、即座に眠りに落ちて、脱水終了と共にこちらの世界に戻って来るのだとか。ええっ、でも、脱水って、音すごいじゃん、という私の言葉に、彼女は、こう返すのである。

「音がすごいから、眠ったきりにならないですむんじゃないの」

なるほど。そして、彼女は、こうも言った。

「お風呂にお湯入れる時、いっぱいになる直前に『もうすぐお風呂が沸きます』って、アナウンスで知らせてくれるじゃない？　あの『もうすぐ』の間だって有効だよ。『沸きました』で起こしてくれるからありがたい」

はー、眠るのに有効な時間……そして、日々の活動にパワーを取り戻させてくれる有効な眠り……こういう時なんだよなー、我身ののんべんだらりとした人生を反省するのは。もっと、時間の配分とか考えて、リーズナブルに活動しろよ！　と自分を叱咤する瞬間。でも、でも……有効な時間の使い方ほど私にとってハードルの高い命題はないのである。あらかじめ、そのテーマからは見放されているというか。

よく、何かしていないと落ち着かないという人の話を聞くが、え、何で、と真底不思議に思う。これって、言い替えれば、何かしていれば落ち着くってことだよね。その何かって、寝っ転がって雑誌を読むとか、明るい内から一杯やって御機嫌になるとかいうこととは、違うよね。それこそ、有効な何か。

無為に過ごすのが嫌いなんだなー、みんな。一番幸せな日は、することの何もない日、と公言して呆れられる私とは大違いだ。そういや、電車に乗るたびに思う。ひとりで乗っているほとんどの客たちは何かをしている。その大半は、スマートフォンに目を落としていて脇目も振らない。残りの人々は、イアーフォンを耳に付けて音楽を聴いているか、居眠りしているか、さらに少数派の人はテキストブックのようなものを開いている。そして、さらにさらに数少ない人が文庫本などをめくっている。私のように、ただぼおっと座っている人間など、滅多にいない。

と、ここで、諸君、たまには電車の外の景色に目をやり季節の移り変わりを楽しもうよ。ゆとりを持たずして何のための人生か、……などと啓蒙しようという気なんて、さらさらないのね。近頃、スマートフォンやり過ぎの弊害について、あちこちで言われているけど、私には、見ず知らずのどっかのガキがスマホ中毒になって生活に支障を来たしたとしても、行く末を憂う気もないもんね。操作しながらぶつかって来る、マナーという概念のない輩に対しては、心の中で、死んでおしまい！　と毒づくだけ。だいたい、そういう人たちって、スマートフォンがなくても何か別のものに引き摺られた無礼者になるだけ。ツールの問題ではなく、個人の品性の問題だろう。

品性と言えば、私はこの間、すごい光景を目撃した。やはり電車の中で、である。昼下がりの電車内は、座席がすべて埋まり、ちらほらと吊り革につかまって立っている人々がいる、という私の一番好むシチュエイション。ぼんやりとマンウォッチングするには、このくらいが一番良いのである。

座っている私の前には誰も立っていなかった。よしよし、と思いながら、電車に揺られること自体を楽しみつつ、向いの窓の外に目をやっていた。あ、今のビルのベランダの観葉植物の数すごい！　中央線のプチジャングルと呼ぼう、などとささやかな発見に悦に入りながら。

するとと、いつからか、私の耳に不思議な音が入って来るようになった。キューキューとか、チューチューというのに混じって、時々、ババッ、ババッと。この音は、たとえると、まるで残り少ない飲み物を意地汚なくストローで啜った時の音とでも言おうか。電車の中で耳にする音としては異様であるが、どうやらそれは、ひとつ置いた席から発せられているようなのである。隣の乗客も気になるらしく、しょっちゅう横を向いている。いったい何やってんの、その音の主。

その謎は、次の駅で解けた。私の隣の人が降りて行った時、奇妙な音の出所が、私の横にお尻をスライドする形で移動して来たからである。

小綺麗な若い女だった。いかにも赤文字系の女性誌（男モテと女子ウケを優先順位の一位に両立させる光文社や小学館の女性ファッション誌、ＪＪとかＣａｎＣａｍとか）を愛読していそうな感じ。手っ取り早く好感度を上げるアウトフィットに身を包んだ女がどのようにして、ストレンジノイズを立てていたかというと……なんと、スマートフォンの操作で両手の塞がった彼女は、口にエネルギーチャージ系のゼリー状スポーツドリンクのパックをくわえたまま啜り込んでいたのである。キューキューというのは、たぶん、吸い口を歯で噛み締めて固定しようとする音。そして、チューチューは啜り込む音。ババッというのは……略！

おーい、娘さん、いくら何でも、その姿はないだろう。きっと、やはり耳にイアーフォンを付けていたから自分の立てる音に気付かなかったのね……って、そういう問題ではないだろう！　私は許さんよ！

と、この私の怒り、マナー知らずの女に対して向けられてると思うでしょ？　これも、また少し違うんだなあ。こういう女なのに許す、今の世の中にかちんと来るのね。ええ、またもやその昔の小説家デビュー時に散々吊し上げられた過去が甦るんですの。あんたたち、隣の女みたいのなら許容範囲な訳ねって。でも、黒人の恋人を持って、小説の性描写をものにし、二十代で直木賞をかっぱらった図々しい女には、大和なでしこという言葉を汚したと糾弾し、脅迫し、どうにかして傷付くのを見てやろうとやっきになっていたくせに。あーっ、日本の良識人であるのを自認して来た奴らが憎い！

と、私の怒りの回路は、ここまで来て、ようやくリセットされるのである。執念深い？　そうとも言えるが、むしろ、怒りをそのままの形で自分の内に保存して置く術《すべ》に長けているのね。ほら、それも小説家としての資質のひとつですから。昔から、私、義憤と呼ばれるものは、自分個人の憤りの擬態ではないか、と感じているの。そう思って見てみると、社会に憤る人々のほとんどは、義憤の「義」に我身を預けて、自分独自の言葉を獲得する努力をさぼっている。そのことに対して無頓着でいると、怒りの根拠はどんどん信憑性を失って行くと思うのだが。

で、私は、それを回避するために、世界に点在する怒りの中で深く共感するものを選び、自分に引き寄せて矮小化する訳よ。皆が怒っている、のではなく、このおれさま（この場合、自己責任で不遜上等）が怒っているのであーる、と自身に表明して自覚を促し、勘違いを正すのね。大義を利用してはいかんよ、と。案外、人は大義という名目に惑わされているものだよ。

なんて、ここまで屁理屈を述べてはみたものの、エナジードリンクロにくわえてぶら下げていたお嬢さんには、やはり、この言葉しかないだろう。止めなよ、みっともない！　私は、近頃、ここまでアグリーな光景を見たことがなかったよ。親の顔が見てみたい、という年齢《とし》ではないから、こう言う。あなたの男の顔が見てみたい。

どうせやるなら、そのゼリー状ドリンクをコップに移し替えて吸い付いてみなさい。そして、真空状態になった唇の周囲を紫色に染めながら、スマートフォンに熱中してみなさい。そうすれば、あなたは、電車の中の不作法なビッチではなく、シュールレアリズムの女王として名を馳せるであろう。いいえ！　どうせならコップ口女《ぐち》として都市伝説になっておしまい！

最近よく、義憤に駆られるという状況について考える。もちろん横着者の私のことであるから、ソファに寝っ転がって、TVをながめながら、あるいは雑誌に目を通しながら、ぼんやりと、そのことに思いを巡らせているだけだが。

そんな時に、TVのコメンテイターの人たちが、許せませんねえ、などと言うのを耳にすると、首を傾げてしまうの。この人たち、実のないこと言ってるなーって。何でだろう。ある種の人々の怒りの表明らしきものって、全然ぴんと来ない。

で、その時に気付くのである。彼らは、多くの人と共有すべき怒りにとらわれ過ぎてしまい、自分個人の怒りを明確化出来ていないのかもしれない、と。自分のそれがいかに卑小であるかを知った上で、人々の大きな怒りに落とし込まなくては上滑りするだけだ。そうしなければ、ただの便乗と同じことになる。まずは、感じる不快さと納得の行かなさ、プラス、嫌悪感と反感が怒りに変わるスタート地点が自分自身であると自覚することが肝要だろう。

昔、私は、アフリカ系アメリカ人の恋人を持ったが故にしょっちゅう振りかかる、赤の他人からの理不尽な扱いに真底腹を立てていた。そして、その怒りが層を成し、重みに耐えかねた頃、『アニマル・ロジック』という人種差別をテーマにした長編小説を書いた。

当時、私は、インタヴューに答えて、「義憤に駆られて」などと言っていた。それを個人レヴェルで証明するために、正しいこと、正しくないことの用例を自分だけの価値観を使って示してみたかった、と。でも、今思うと、少し違うような気がする。だって始まりは、もっとずっとパーソナルなことだ。そもそもは、私の大切な人々が、実に不当な理由で悲しい思いをすることに対する苛立ちから端を発している。それが悔しさや悲しみなどの感情を引き寄せ、やがて外に訴えかける手段を欲して怒りへと変わって行ったのだ。そして、紙に書き移せる冷静さを得てから小説へと姿を変えた。始まりは、うんとちっぽけなことだったのだ。でも、当時、つい義憤という言葉を使ってしまうくらいに私の内では重大事になっていた。

今、私は、極めてだらしのない様子で、義憤の品定めをしている。不遜と知りながら私がOKだと思うのは、その大きな怒りの中に個人の実例がきちんと食らいついているもの。あるいは、実例に限りなく近付ける想像力を駆使しているものに限る。この二つが怒りのみならず、すべての感情において使われる時、優れた小説もまた生まれるのではないかと思う。そんな小説には、必ず、読者の過去の、のみならず未来の実例が姿を変えて生きている。

ところで、怒りというより、呆れ果てたと言わざるを得なかったのが、先月ニュースになった男性ファッション誌「Free & Easy」(以下、F&E誌)事件だ。もっと社会的重大事として扱われるべきだと思うのだが、編集部側の姑息な努力(?)のせいで尻つぼみになりつつあるので、ここで話を蒸し返すものである。

これは、F&E誌が、亡くなった安西水丸さんの追悼コラムとして、何人かの方の文章を未承諾及び不適切に引用したというもの。その不適切さというのがすごくて、なんと、週刊誌の嵐山光三郎さんの連載を引用して南伸坊さんのコラムを作成したり、別な誌面の角田光代さんの追悼文の文章を変えて無断転載したりしたというのだ。他に赤瀬川原平さんも被害に遭われたそうな。どうなってんの!?　わーん、悲しいよー!!　え？　怒る前に何故悲しむかって？　だって、この雑誌、私が唯一毎月自分で買っているファッション誌なんだもの。日頃から女のファッションよりも男のそれに多大な興味を持っている私のお勉強本だったんだもの。裏切られた……ほーんと、裏切られた。何がラギッドだよ、何がダッズスタイルだよって感じ。大人の男のクールなライフスタイルを標榜してるくせして、クールと最も対極なことしでかして恥じないって……。

何しろ次号に載った「お詫び」がださいね。まあ、大慌てで間に合わなかったのかもしれないが、隣のページでは図々しくスタッフ募集の要項を掲載してるし。

〈世界中から注目されるライフスタイルマガジンの仕事は、クリエイティブゆえに決して簡単なものではありません。しかし、やりがいを見出すには最高のタスクであり、努力次第で最良のライフワークになるはずです。〉

だとよ。タスクじゃなくて、リスクの間違いなんじゃねえの？　しかも、読者のお便りコーナーでは、

〈安西水丸さんの追悼記事。面白かったというよりもよくぞ取り上げて下さった！〉

という投書までも載せる図々しさぶり。聞けば、雑誌回収にあたり、キャリーケースを引っ張りながら、クレジットカードで店頭にある号を全部買い占めていた関係者を目撃した人がいたとか。うちの近所のコンビニには売ってたよ。そして、今も最新号は置いてる……ていうか、私、この期に及んで、まだ買ってる。だって、創刊号から読んでるんだもん。うわーん、私の（とう

の立った）青春を返せーっ。そういや私も昔、これと同じ被害に遭ったんだよなー。うっかり忘れてたけど甦ったよ、あの怒り。ポンちゃんにとって感情移入とは、high technical alteration 4 my feeling.

台所のライトの付け替えを頼んだら、天井のソケットごと引っこ抜いた夫。情けなさのあまり怒る前に笑ったです……。

ポンちゃんの
変顔
コレクション
キュー
ブラ
キュー
グラ
其の十七
赤文字系女性誌読者編
中央線で
“キューキュー”
“チューチュー”
“ババッ”
っとさせてる女
©2014 Terry Johnson

カラフルポンの夏休み

前回、北極圏のシロクマはいつどのようにして冬眠するのか、という長年の疑問に対する答えを得て、胸のつかえが取れたような気分になった私（答え、いつでも歩きながら冬眠出来る）。そして今回、カラスの生態についての知識を増やして、得をした気持になっている。実はカラスがあのようにずる賢いのは、目がものすごく良いからだというのだ。

ＴＶで観た実験は、カラスがステーキ肉に、見た目で寄って来るのか、それとも匂いで寄って来るのかを検証するもの。用意されたのは、半透明の袋に入れた本物の肉と透明の袋に入れたままがいものの二種類。すると、飛んで来たカラスは迷うことなく、透明な方を突《つつ》き始めたのである。ステーキ肉の形状を一度覚えたカラスはそれ一途。一度、自分に危害を加えた人間の顔も、何年も忘れないのだとか。迷惑なのは、そのカラスの敵と認識された人間に似たヴィジュアルの人であろう。道で突然、カラスに襲われる人は、不運にも、カラスを苛めたどこかの誰かに似ているってことね。

これは、前にも書いたことがあるのだが、大分前、アメリカから遊びに来ていた元夫に朝のごみ出しを頼んだ時のこと。アフリカ系の彼は部屋に戻って来て言った。

「ごみ置き場のブロック塀にでっかいカラスが止まっていて、通りすがりの人たちを威嚇していたよ。でも、ぼくが行ったら、すごくフレンドリーな感じで見詰めて、ごみを置かせてくれたよ。同じように黒いから仲間と思ったのかもな」

わはは……人種差別ネタになっちゃうかもしれないが、身内なので、おおいに笑わせてもらった。

聞けば、カラスが一番攻撃的になるのは、六月七月のヒナが成長する時期だとか。親鳥の習性で巣立つ前の子を守ろうと殺気立つのね。

そういや、この間の梅雨のまっただ中、窓の外を見ていたら、六階バルコニーの柵の外、建物のぎりぎりのふちの所で、大きなカラスがちびガラスを苛めていた……ように見えた。大きい方が、何度もちびを突《つつ》いて落とそうとしているみたい。そのやり方は執拗で、私は目が離せなくなった。何あれ!? 弱い者苛め? と思ったのだ。

しばらくして飽きたのか、大ガラスは、ちびを放って、ちょんちょんと飛び跳ねながら移動。すると、その後を性懲りもなく付いて行くちび。そして、また、突かれ……をくり返している内に、ついに突き落とされた……と思ったら、必死にもがいた末、空中に飛び立ったのね。そして、不器用に空を舞うその後を追うように大ガラスが飛んだ。

親子だったんだーっ! 飛行訓練だったんだーっ! とようやく解った私の目には感動の涙が……というのは大袈裟だが、とても、いたいけな親子愛を見た。でも、お願い、もう二度とうちのバルコニーには戻って来ないでね……なんて、シロクマの次はカラス。私って、やくたいもないことに思いを馳せるナンバーワン作家のような気がする。

それにしても、どうしてカラスは、あんなにも禍禍《まがまが》しいルックスをしているのか。今はもう撤去されてしまったが、うちのマンションに隣接する高圧線の鉄塔には、いくつものカラスの巣があった。段ごとにクリーニング店の針金ハンガーを寄せ集めた巣が構築されていたのである。それは、まさに「構築」と呼びたい見事な代物。オブジェのようなそれらが各階ごとに設置され、それぞれのカラスの親族（？）が集っていた。その様子を見ていると、ヒッチコックの映画「裏窓」を見ているような気分になったっけ。ある時は、駆除係なのか、下から上って行く人間たちの姿が見え、思わず手に汗を握ってしまったことである（お気楽な見物人ですみません）。

前に私の実家の一角には、群れから仲間外れにされた一羽のカラスが棲み付いて、屋根から屋根へと渡り歩いて生き延びていた。決して飛べない訳ではないのに、何らかの理由から、そこに居座っているようだった。私の母は、勝手に「しーちゃん」という名を付けて見守っていたが、いつのまにか姿を見せなくなってしまったと言う。ねえ、カラスって、いったい、どこで死ぬんですか？　あれほど多く見るのに、まだ一度も死骸を目撃したことがない。目利き故、人間に見つからない死に場所をずい分前から選んでいるのだろうか。そして、そこは共同墓地なのだろうか。それとも、たった一羽で息絶えているのか。

かようにして、カラスに対する（あ、シロクマも）オブセッションに取りつかれたわたくし。これからは、全然愛のない動物物語をものして見せよう。私には、すべての動物を愛するという心持ちが、どうしても解らない。もちろん、人間も含めて、である。

いや、しかし、当然のことながら、好きな人は好き。世界のすべての人々に人類愛を持つことは出来ないが、私の思う好きな種類の人々には愛を惜しまない。

と、いう訳で、私の好きな人々に会うために神奈川県は逗子まで、小旅行と洒落込みました。あれ？　洒落込むって死語？　でも泊まりは葉山の瀟洒《しょうしゃ》なリゾートホテルですもの。たまには、その言葉を使ってみたいもの。持参した読書の友は、田中康夫ちゃんの大昔の短編集の文庫『葉山海岸通り』（角川文庫）と、石原慎太郎御大の『太陽の季節』（新潮文庫）。どうだ、洒落込んでいるだろう！　康夫ちゃんのその文庫を旅行前の書棚整理で見つけた時、運命を感じずにはいられなかったもんね（でも、読み始めたら、すぐ運命とは何の関係もないことが解ったが）。

実は、今回の小さな旅は、逗子が最寄駅である一色海岸に毎年夏の間オープンする「カラフルカフェ」を訪ねるため、夫と二人で計画したのであった。

「カラフルカフェ」は、LGBT（レズビアン、ゲイ、バイセクシュアル、トランスジェンダーの頭文字）のコミュニティの人々が開いているカフェ。今年は、自他共に認める私の妹分のゲイの男の子が週末店長としてがんばっているというので、その陣中見舞がてら遊びに行ったのだ。そうしたら、いつもの飲み仲間も一堂に会していて、最高の午後に。昼からワインで乾杯して、近況報告から始まるにぎやかなひとときとなった。私たちは、ひと足お先に失礼したが、遅い午後からシャンパン&浴衣パーティが開かれ、おおいに盛り上がったと言う。

カフェには教師をしている姿の良い女性が可愛らしいガールフレンドと一緒にいて、大分前から、私の小説を授業のテキストにしていると語った。こういう時なんだなあ。何だかんだぶつくさ言いながらも、小説続けていて良かったなあ、と心から思うのは。

その昔、頼んでもいない教科書検定にかけられ、散々難癖を付けられて、落とされ続けた私。青少年に最も相応しくないとされ、図書館にも置いてもらえなかった私の小説であるが、時は流れて、いつのまにか教材として、いくつかの作品が扱われるようになっていた。私の選ぶテーマと、それに取り組む姿勢は変わっていないから、やはり時代の方が変わったのだろう。あるいは、変わらずに私が持ち続けたものを受け入れてくれる人々が増えたのか。とても丁寧に私の小説を教育の現場で扱ってくれているらしい、その彼女の話を聞いて、嬉しくてたまらなくなってしまったことである。どんどん使って！　と興奮して口にした私だが、それでは言葉が足りなかった。どうか、ぼろぼろになるまで使い倒して欲しい、と言うべきであった。ただ、そうしてもらうためにも、私自身が誠実に小説と向かい合わねばならないだろう。使いようによって、毒にも薬にもなる言葉の調合を目指さなくては。ただの口当たりの優しい良薬なんて、本当に効くかどうか解んないもんね。

問題は、何事にもスロースターターである私の習性。新たな希望を胸に秘め迎えた朝であった筈なのに、気が付けば早や夕方、なんて日もしばしば。いったい、どうして!?　何者かによって、時間泥棒されたとしか思えない。やることが多過ぎて時間が足りなーい！　と言う人とは、まったく異なる生産性のない理由から来る時間の足りなさ。この夏が終わったら、いよいよ「ぼんやり病」から脱却しようと思う。

だから、今は、まだ良いのね。海辺でのぼんやり病に甘んじて、海とカモメならぬ、とんびを横目で見ながら、康夫ちゃんの『葉山海岸通り』を読む。そして、良くも悪くも隔世の感に打たれて遠い目というのをしてしまうのである。

この単行本が出版されたのは昭和五十八年。デビュー作から数えて三冊目になる、とある。当時の題名は『空蟬《うつせみ》』。改題されて手に取りやすくなったとは思うが、こちらの方が内容を象徴しているような気もする。バブル期に入る前、まだ東京の夜遊びが特権的であった頃の、そこに集う若者たちのシーンを切り取った短編集。田舎者たちも紛れ込む夜だけではなく、彼らには昼もある。本物の都会の子たちである。スノッブを自認しながら、人間味と空虚の欠片を同時にたぐり寄せる彼らの描写は、まさに、あの時代、地方育ちならではの鋭い観察者であった、あの作家でしか成し得なかった仕事だろう。

固有名詞が、いかにもきらびやかに列挙されている。帯には、こうある。

〈あなたはいくつ知っていますか？ ラ・マレ クイン・アリス ブラッスリー・ベルナール バーニー・イン ミント・バー ラ・プロッテ チャールストン・カフェ……〉

この後、この三倍くらいの数の固有名詞が続くのだが、どうしたことか、私は、これらのほとんどを知っている。しかし行ったことがあるのは、バーニー・インとチャールストン・カフェくらい。どちらもバイト先のクラブのお客さんである白人のおじさんたちに連れて行かれた。そう、田中康夫の描く世界には、私が馴染んだようなアフリカ系（当時、その言葉はなかったが）の人々の出入りする場所は登場しないのだ。同じエリア内だというのに、ほとんどかすりもしない。私が我が物顔に振舞えたスポットは、田中ワールドというアルバムの、常にB面だったような気がする。当時の私たちは、そのB面の特権に酔っていた。は？ パシャ・クラブ？ 玉椿？ あんな白っぽい健全なとこ退屈じゃない？ ってなことをほざく生意気ざかり。本当は、自分の価値を認めてくれる場所にしか足を踏み入れられない弱虫だったくせに、ね。

昔の小説を誉める場合によく「今読んでもちっとも古さを感じない」と言う。その言い方を使えば、この小説は、「今読むとものすごく古さを感じる」ということになる。たかだか八〇年代に遡ったただけなのに。でも、これ、田中康夫作品に限っては誉め言葉になるのだ。ちりばめられた固有名詞が、モダンな壁からぽろぽろと剝がれ落ちた漆喰の断片のよう。うすい哀しみ、みたいなものを感じる。

そして、それが漂うのは時代からこぼされて行く固有名詞からばかりではない。ここに登場する女の子たちの会話からも漂うのである。口から紡ぎ出されるやいなや、「はかなかった」と過去形にされてしまうようなデリカシイ。東京の女の子たちの物言いが男言葉に侵食される直前の、もどかしい女の子の口振りみたいなものが生きていて、胸がキュンとなるのね。胸キュン……すごい死語だ。でも、今だって、実はさまざまなものに擬態したり、身を潜めたりして生き続けているのだ。田中康夫の小説は、正統派胸キュンの系譜。物質的な面で満たされているからこその、最後の胸キュンストーリーズである。

『葉山海岸通り』という題名に運命を感じて、バッグに放り込んだ私だが、ホテルのデッキチェアで開いたら、全然、私とは今もこの先も関わりのなさそうな話ばかりであった。表題作では、四人の男女が、葉山のラ・マレというフランス料理店で食事をした後、葉山マリーナを散歩しながら、前年のユーミンのコンサートの思い出を語り合う。そういや、前出の私の妹分は、超の付くユーミンの大ファンだと言っていたっけ。重なるのって、かろうじて、そこだけか。横須賀市の海と私との関わりは、常に基地絡みだったしなー。

それなのに、こんな箇所に私の胸はキュンとするのである。

季節外れのヨットハーバーまでの散歩の途中で、登場人物のひとりが閉まっている釣道具屋を見て、こう独り言を言う。

〈「風もない晴れた午後にさ、こんな釣道具屋の店番をしてみたいよ。お客さんも、いなくてね、一人、壊れかけたようなラジオから流れる歌謡曲を聞いてね。三時、四時と古い柱時計が鳴るたんびにだんだん、陽が落ちていって……」〉

表参道にある有名ヘア・サロン（ピーク・ア・ブー）のデザイナーの言葉である。けっ、甘ったれんじゃねえ、と言いたくなるかもしれない。けれど、彼の仕事も甘えた憧れと共に見られる類のものなのだ。それを感じつつ読むと、くーっ、何ともせつない。だって、私もひなびた海辺の釣道具屋さんを見ると、原稿なんか放り出して、日がな一日、店番してみたいと思っちゃうもん。康夫ちゃんの小説は、戯言《ざれごと》の魅力に満ちているよ（これ、誉め言葉）。

あ、そういや、私もある時期、ピーク・ア・ブーに通ったのだった。日本で最初から何番目かに（たぶん、女で初めて）ドレッドヘアにしてもらったのだが、まだ技術が進んでいなくて、丸一日かかったという……難行苦行のシスタースタイルを、あそこでキープしていたんでした。もう二度と嫌。段々、ほんまもんのレゲエおじさんみたいになっちゃってさ、ニューヨークでは、やばい人たちばかり接触して来るし、クレジットカードは盗品だと思われるし、アフリカに帰れとか通りすがりのパンクスに暴言吐かれるし……あれ以来、私、美容院とは無縁の女となりました。元々赤の他人に髪を触られるのが苦手ということもあったのだが、もう二十年ほど、交際相手（含、夫）に切ってもらっている。一度、夫に切られ過ぎて激怒した時、彼は私の見幕に恐れをなしたくせに、翌日、勝手に水に流したみたいに笑ってこう言うではないか。

「昨日は、すごかったよねー。あれこそ怒髪天を衝くって感じ？」

再び激怒し直した私が言うことには、

「怒髪がなくなったのに、どうやって天が衝けるんだよーっ！」

夫、やはり怯え直す。ポンちゃんの夏休みは、just like spontaneous applause 4 my life. 私に刈られる坊主頭の夫はあらかじめ怒髪なし。

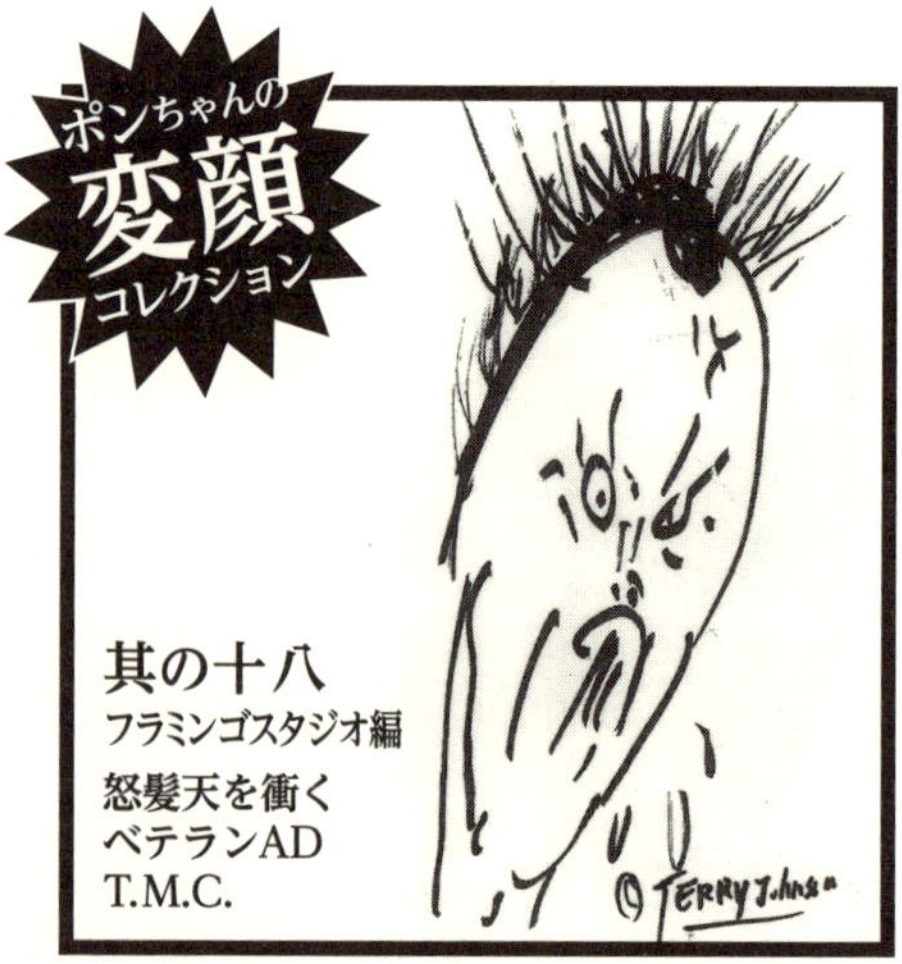

其の十八
フラミンゴスタジオ編
怒髪天を衝く
ベテランAD
T.M.C.

残暑のおうちでフィールドワーク

この間、私の朗読会に来た友人が、時間の余った時にどうぞ！ と言って、「アナと雪の女王」のDVDをくれた。これ、おもしろいの？ 今年の夏の映画に関する話題は、この作品一色で、私もあちらでもこちらでも、主題歌の「レリゴ〜（Let It Go）」というフレーズが流れていて、私も何度も耳にした。日本語では「ありのままで〜」と訳されているそうで、ぴったりだという意見がある一方、本来、そんなに希望に満ちた意味じゃないという専門家の意見も少なからず目にした。もっと、諦観に満ちたニュアンスがあるのだと。

あのー、……映画のピュアなイメージを壊すようで悪いんですけど、私の実地訓練から得た意見を述べても良いですか？ 良い？ あ、ほんと。

それなら言いますが、この“let it go”ってフレーズ、セックスが佳境に入った時に使うアメリカ人の男って案外多いと思うんです。いや、当社比プラス同族会社比ですが。我慢しないで、快楽に身をまかせて、というようなニュアンスか。ここが、おれさまのセックスマシンとしての魅力の見せ所と言わんばかりに、あま〜い声で囁く御仁が少なくなかったように記憶しているんです。いや、当社比（プラス同族会社比）ですけどね。うへー、おまえ、テディ・ペンダーグラスじゃないだろ、と心の中で呟いた女もいたとか、いないとか。いや、それ、私なんだけどさ。

　通りすがりの、お母さんに手を引かれた幼な子の歌う「レリゴ〜」を耳にして、何とも言えない気まずい気分になっていた山田です。あー、捨てたい過去、山のごとし。僕の前に道はない僕の後ろに道は出来る……はー、高村光太郎先生は御存じだっただろうか。後ろに出来る道には、滋養に富んだ堆肥も作られるが、同時に、不法投棄されたゴミもいっぱいだってこと。早く成仏してエコロジーに貢献してもらいたいものだ。そのあかつきにこそ、私は、地球に優しいエコロジストに変身出来るであろう。意味、良く解んないけど。だいたい、人間が存在しているってだけで、地球に優しくないんじゃないの？　と、これを追求し始めると埒が明かなくなるので、この辺にしておこうっと。

　ところで、そのDVDをくれた友人によると、それはおまけで、本当に渡したかったものは、別のもうひとつのものなのだとか。そちらの包みを開けると、そこには、部厚い一冊の本。『カラスの教科書』（松原始著　雷鳥社刊）とある。え、何これ？　と作者のプロフィールを見ると、京都大学理学博士、専門は動物行動学。二〇〇七年から東京大学総合研究博物館に勤務して、カラスの行動と進化を研究しているそうな。経歴に加えて、こんな文言が続く。

〈カラスに燃え、カラスに萌えるカラス馬鹿一代。カラスに関しては仕事もオフも関係ない。趣味を何か一つだけと聞かれれば敢えて言おう、カラスであると！〉

　ぷっ。この最後の「！」が何とも言えず良いね。ほんと、カラスが好きなんだろう。じゃ、どのくらい熱烈に愛せるの？　あの黒くて不気味な嫌われ者の生き物を……お手並拝見！　とばかりに読み始めた。そして、びっくりして、ひとりごちたのである。

「こ……この人、ほんまもんのカラス馬鹿……そして、この本、すっごくおもしろい……」

前回、私は、飛行訓練をする親子のカラスの目撃談を書いた。それを読んだ友人は、絶対この本を詠美さんに渡さなくっちゃ、と思ったという。何故なら、彼女は、今、近所にいる一羽のカラスと仲良しになってしまったから。近付くと肩に止まりに来るほどの懐かれ具合なのだとか。ええーっ、ほんまかいな!?　とにわかには信じられなかった……と言いたいところだが、彼女ならさもありなんと頷いてしまうのね。だって、どんな生き物（あ、生きてなくても）とも交信出来そうな人なんだもん。いや、しかし何だって、カラスとまで……今日は一緒の時にクッキー食べたよ、とのことだが、恐くないのか!?

と、唖然とするであろう私に読んで欲しかったのね。解った、解ったよ、と思って扉を開いたら、おもしろくって！　この、凡人には解らない至高のカラス愛！　それを凡人に押し付けることなく、この憎まれ鳥の生態に関して、事細かに愉快な語り口で教えてくれるのだ。知らなかったエピソードが満載で、いちいち感心してしまうことばかり。カラスに関するトリビアが、どんどん増えて行く。

ごめん！　ごめんよ、カラス。人間であることに胡座をかいて、私たち、慢心していたよ。きみらを害鳥扱いするだけで、何も解ってやろうとしなかった。今度からは、私も件《くだん》の女友達のようにクッキーとお茶で和解交渉に入ろう！

と、改心出来るくらいなら、私も動物愛に満ちた小説をものすることが出来るのかもしれないが、「羽もん」に、とーっても弱い私。何せ、紋白蝶が飛んで来ただけでも大騒ぎしながら逃げまどい、どんなに小さくても蛾というだけで、この世の終わりの象徴のように思う性質《たち》。蛾を我が身から遠ざけてくれる人物を求めるあまりに、養老孟司先生（虫ラヴァー）に求愛しようとしたくらいですもの、いやマジで。

鳥も、またしかり！　こちらは、「羽根もん」と呼ぶべきかもしれないが、これもまたやなんだなー。うちの寝具の中身が羽根だというのを、極力考えないようにしているのだが、時々、隙間から出て来て、シーツの上に載っていたりするのね。ほわほわしたやつが。そういう時、動揺する自分を落ち着かせるために、羽根と自分を一体化することにしているの。つまり、これは私の体の一部、私も羽根もん一味なのよって。小説家の想像力って、こういう時に試されるんじゃないかしら。心頭を滅却すれば火もまた涼し、の心持ち。問題は、夫の古くなったダウンジャケットからも、たまに羽根が脱出を計ることとなんだなあ。そういう時は……羽根もんを愛してしまった悲劇のヒロインとして女優デビューを飾るのね。単独で、しかも無観客試合みたいなもんだけど、これもまた精一杯生きる知恵。こうして不測の事態に備えて行く訳よ。

という訳で、やはりカラスにシンパシィを持つところまで辿り着けない私ではあるが、やつらの共存者になるにやぶさかではない、と思った次第である。

この本によると、カラスの離婚率は鳥類には珍しく低いそうだ。たとえば、ツバメなんかは毎年のようにペアが変わるのに、カラスはずーっと同じカップル。しかも呆れるほどの熱愛ぶりだとか。ぴたりと寄り添って甲斐甲斐しく羽づくろいしたりは日常茶飯事。

〈……雄はサクラの実を「はい」と雌に差出し、雌は実をくちばしの先でくわえたまま「やっぱりあげる」と雄に返し、雄がそれを食べたかと思いきや手品のようにヒョイとくちばしの先に戻し、「やっぱり頂戴」と雌がこれを分捕ると「俺にもくれ」とそれを取り返し、実に5回にわたってサクランボの口移しをしていた。お前らええ加減にせえ〉

なんて感じらしい。そうだったのか。うちのバルコニーの柵にも、二羽のカラスがくっ付くようにして止まっているのを見るが、そうか、あれはつがいだったのか。つつき合っていたのは、いさかいではなく、いちゃ付いていたのね。その近くの死角になる場所に、何故か落ちていたコンビニのおにぎりは、二人、もとい二羽で備蓄していた愛の食べ物だったのね。偉いな、カラス。オシドリなんかは、あんなに仲良さげに見えて、実は繁殖期だけつがっているらしいからな。従って、今後オシドリ夫婦という呼び名は、カラス夫婦と変更する必要があるだろう。

ところで、前回私が疑問を呈した「カラスって、いったいどこで死ぬの？　死骸見たことないけど？」に対する答えが本の中にあった。ねぐらの下や巣の下にあるのだが、それら自体があまり人の立ち入らない所にあるので見つけにくいそうだ。他の動物に食べられたり持って行かれたりも。都市部では、朝一番にゴミとして片付けられたり埋められたりするそうだ。なーるほど、勉強になるなあ。他にも、カラスはマヨラーであるとか、スナック容器のJASマークをくちばしでつついて転がして遊ぶとか、豆知識がいっぱい。まあ、あんまり役に立たない知識なのだが、ユーモラスな文体のおかげで、読み終わる頃にはすっかり好感度は上がっている（カラスに、ではなく、著者の松原さんに対してなのが申し訳ないが）。

学者さんのフィールドワークを記した本って、おもしろいものが多いよね。こちらはウナギだが、青山潤さんの『にょろり旅』シリーズとか。専門分野を突き詰めたその先には、何故《なにゆえ》、そこはかとないおかしみが漂っているのか。たぶん、凡人には思いも寄らない方向にずれて行っているからだろう。そして、その「ずれ」が新たな発見の手助けをする。知識と熟練の技があるからこそ手に入る「ずれ」。小説家としてのそれを、いつか手に入れられたら良いのだが。

そう言えば、ウナギで思い出したが、東京に食用ウナギと無縁のエリアがあるのを知っていますか。私も、この間知って驚いたのだが、それは日野市。そう、私が長年慣れ親しんだ多摩エリアの一部。ここの四谷地区は昔からウナギ食いを避ける風習があるというのだ。何でも、多摩川が氾濫しそうになった時、ウナギが堤防に出来た穴にもぐって崩れるのを塞いでくれたとか。以来、ウナギは守り神として崇められ、食すなんてもってのほかというのが、そのあたりの常識になった……というようないきさつを、私は、土用丑の日のニュース番組で知ったのだった。

番組では、その情報を元にリサーチを開始。その区域の老若男女さまざまな人々にインタヴューをする。すると、ほとんどの人が口をそろえて答えるのだ。

「ウナギを食べるなんて、とーんでもない！」

中には、八十年生きて来て一度も食べたことはありません！　ときっぱり言って胸を張る人も。笑ったのは、うちでは絶対にウナギを出さないよ！　と鮨屋さんが宣言していたこと。あの、たぶん、他の鮨屋さんもそうではないかと……それでは穴子はどうなんでしょう。鱧《ハモ》は？　あの形状つながりで、……などと、つい主旨から外れそうになるのであった。

他にも、その地区の日野宮神社の菩薩さまの衣の裾がウナギに似ているからという説もあるようだが、真偽のほどは解らない。

前の結婚の時に、アメリカ人の夫やその友人たちにウナギを食べる話をしたら身震いしていた。しかーし、黙って買って来た蒲焼を出してやると、皆、旨い旨いと言って食べるのである。あの、にょろり旅をするウナギとは思ってもみないようであった。簡単だな、アメリカ人、とこっそり彼らを見くびり続けた私。たまに、これ、何ていう魚？　と尋ねられると、こう答えた。

「アンギュイユという珍しい魚なの」

嘘はついていない。フランスに住んでいた友人がレストランで頼んでいたのである。アメリカ人は、余程グルメでない限り、切り身魚が何であるかなど追求しないから、それでOKだった。後に、アンギュイユが英語のイールであり、全身のルックスがあのようであるのを知った前夫は驚愕したが、既に時遅し、大好物になっていた。それからは、嫌がるアメリカ人にウナギのおいしさを語り続けていた。美食家のおれ、と言わんばかりに得意満面だったっけ。

ヨーロッパでは、ウナギ料理はポピュラーらしい。私の親友は、昔、アメリカ軍人の夫の駐屯地であるイギリスの僻地に住んでいたが、街に出向いた休日、よくウナギの屋台を目にしたと言う。

「ぶつ切りの煮こごりみたいなのが紙のカップに入っていて、すごーくまずそうだった」

そうだ、問題はあの骨なんだよなあ。ぶつ切りってことは、当然、蛇に似た骨もそのままにして切ってるんでしょう？　あああ、喉の狭い私なんて、飲み込むやいなや引っ掛けそうだ。ウナギの骨は、案外手強いのである。子供の頃、静岡県は浜松の隣にある磐田《いわた》で過ごした私。ウナギを食べた回数は他県の子供より多かったと思う。そこでの最後のウナギの記憶は、妹が骨を喉に引っ掛けてしまい、盛大にゲロを吐いたこと。実は、彼女が同じ原因で吐いたのは、それが初めてではない。何度かあるのである。困り果てたように娘のゲロを片付ける父を見て、たまらず私は、社宅内で近所のおばさんと立ち話をしていた母を呼びに走ったっけ。以来、同じように喉の狭い私は、目を凝らして注意深くウナギの蒲焼に挑む。ちっとも旨そうに食わねえのな、と昔のボーイフレンドに言われて、今ではほとんど食べなくなってしまった。何しろ、某高級料亭で骨切りした筈の鱧のおとしですら引っ掛けて騒ぎを起こしたほど、私の喉と来たら、超へたれなのである。恐しくって。

よって、世間が土用の丑の日にウナギウナギと騒ぐのを横目で見たきり通り過ぎていた。しかし、今年の夏、買い物に付き合わせた夫が、安い中国産ウナギの蒲焼の前にたたずみ、熱い視線を送っているのを目撃。もしやウナギ好き？ と思い尋ねると、別に食っても良いけど？ なんて答える。さらに問い詰めると、好物であるのを白状した。自宅での食事の献立選びの権限は、すべて私にあるので言い出せなかったらしい。

よし！ 滅多にないことであるが、夫のためにひと肌脱ごう！ という訳で、取り寄せのカタログをチェック。どうせなら、おいしいものを食べなきゃ、数年ぶりのウナギですもの……と思って、あれこれ見ていて驚いた。ウナギって、ずい分と高価な食べ物だったんですね。特に、予定していた浜松産の高いこと。確かにりっぱなルックスだけど、値段もりっぱ。子供の頃、えーっ、またウナギ？ なんてぼやいたのが嘘みたい。でも、今回だけは奮発する！ と太っ腹になった……筈だったのだが、何故か超お買得の文字につられて規格から外れた「ワケあり」商品をオーダー。そして、届いたそれは、冷凍の筈なのに、すっかり溶けて常温と化していた。さすが猛暑……じゃなくて！ クレームを付けて届け直してもらったけど、ようやく口に入れた時には、とっくに土用の丑を過ぎてたよ！　やはり、とことんウナギとは相性の悪い私。おいしかったけどさ。ポンちゃんにとっての苦手な生き物は、always snap back at me with fun. 海老の頭のてんぷらも恐怖です。

ポンちゃんの
変顔
コレクション
其の十九
浜松編
ウナギの骨を
喉に引っ掛けてしまい、
盛大にゲロを
吐いている人
©2014 Terry Johnson

夏が終わって、R.I.P.

ボビー・ウーマック、ロビン・ウィリアムズ、山口洋子さん……何故だか、ここのところ、私が好きだった人たちの訃報が続く。三人共会ったこともないのに、何となく理不尽な気がして、ちぇっと舌打ちしたくなってしまうのだった。どの方もそれぞれ、数多くのビッグファンは付いているけれども、三人共大好き！　というクロスオーヴァーな日本人ファンは私だけだと思うの。それは、ちょっとした自負。あんまり意味ないんだけどさ。

ザ・ラスト・ソウルマンと呼ぶに相応しい（アルバム名にもなっている）ボビー・ウーマックに出会ったのは、十代の終わり頃。「コミュニケイション」というアルバムだった。バイトして念願のステレオシステムを手に入れた私は、吉祥寺の中古レコード店で、マニアックなソウルミュージック収集に夢中になっていた。本物のマニアからすると、何の知識もない私なんて、ただのお子様ファンに見えただろうが、実際、本物のお子様だったから仕方ないのだ。でも、少ないお金をやりくりして、必死に勘を働かせてレコードを選ぶ自身の健気さに満足していた。LPレコードのラックをぱたんぱたん言わせて（昔からの音楽好きなら解るよね、このたまらない音）、運命の出会いを果したジャケットと見詰め合う喜び。ええ、ほとんど擬人化。そして、えいやっと、それこそ清水の舞台から飛び降りる気持で、自分にとっての大枚（二千円くらい？）をはたいて手に入れる征服感。そして、家でそれを聴いて一生の伴侶を選んだと知った瞬間に訪れる恍惚。うわーん、自分で自分を誉めてやりたい！　この発言、マラソンの有森裕子さんより、私の方が早かったんじゃないかしら。もちろん、ジャケ買いに失敗して、どん底の気持になることもたびたびであった。当時、試聴なんて出来なかった。いや、出来たのかもしれないが、とても尋ねられなかった。なんかさー、ソウルミュージックマニアの人って、難しそうで面倒臭そうだったんだよ。田舎から出て来たばかりの純朴な女子大生（おれ）をびびらせるには充分であった。ディスコ系の曲について尋ねただけで、ふっ、と鼻で笑われたりしてさ。

しかし、私は、負けじとソウル道を邁進していた。そして、ボビーに出会ったのである。その当時私の知っていたボビーは、ボビー・コールドウェルとボビー・ディアフィールド（アル・パチーノが同名映画で演じたF1レーサー）だけであったが、そこに、ボビー・ウーマックが加わったのであった。以来、ボビーに首ったけ（Ⓒ片岡義男さん）。あの深く渋く、しかし下世話な響きをほど良く含んだ魅力的なしゃがれ声。そう、オハイオの黒人街の目抜き通りで、床屋談議に興じるおじさんたちの真ん中にいて、鋏を手にし采配を振る店主、みたいな声。いや、オハイオも黒人街の床屋も行ったことないんだけどさ。

アルバム「コミュニケイション」の中の曲は、今どれを聴いても古さを感じない素晴しいものばかりだが、中でも特筆すべきは、バート・バカラックの名曲中の名曲「クロース　トゥ　ユー」をカヴァーしていることだろう。それも、ただのカヴァーではない。「モノローグ」というタイトル通り、ボビーの長いひとり語りから、それしか有り得ない自然さで、歌い始める。ここで、私は、食道の上あたりにある、音楽のために準備されている感動装置みたいなものをぎゅっとつかまれてしまう。変なたとえだが、本当にその存在を感じるのね。自分のリードボーに風味豊かなスパイスをすり込まれるような気分、というか。たぶん、その時に取り出して、グリルしたら美味なるひと皿になる筈である。ま、誰も食べたくないだろうから、自分で食べるんだけどさ。そうやって、素敵な音楽は心の内なる自給自足を可能にする。

ボビーは、演奏と自分の歌声が最高のポイントで一致する時、よくギターのボディを叩くが、その瞬間、こちらのグルーヴィなツボも絶妙にノックされる感じ。トントン、入ってますよ。あの誰もが知るイーグルスの「ホテル　カリフォルニア」の長ーいイントロの後でそれやるとお笑いだが（昔、Ｃｈａｒがやってウケてた）、ラスト・ソウルマンにやられると、私たちR&Bフリークの女たちは身悶えするのである。

さまざまな人によってカヴァーされて来たこの曲だが、大ヒットしたカーペンターズでもなく、ジェリー・バトラー&ブレンダ・リー・イーガーでもなく、B・T・エクスプレスでもない、ソウルミュージック界きっての床屋店主のボビーさんだからこその“(They Long To Be) CLOSE TO YOU”……あ、B・T・エクスプレスでいらんこと思い出したが、彼らが来日して赤坂のMUGENというディスコに遊びに来た時、私の知り合いの女は、そのメンバーのひとりと……そして、私は、彼女の恋人に監督不行届きを責められるという理不尽な仕打ちに遭い怒りまくったのだった。あーもう！　夜遊び時代の私って、そういう損な役回りばっかりだった気がする。ある女友達は、オーティス・レディングの息子と……（以下略）。そして、また別の女は、コン・ファンク・シャンのメンバーのひとりと……（以下略）……きりがないのでこの辺で止めておくが、世にミュージシャン好きの女の多いことよ。私？　いえ、いえ、これが、ぜーんぜん、なのだ。だって、ある意味、自分に酔うこと必至の仕事じゃない？　私、自分の男の恍惚の瞬間を他の女に見られるなんて、まっぴら。そう、呆れるくらいに屈折したジェラスタイプ。それが、私。故に、派手なミュージシャン好きの女からは安心され信頼を得て来た。そんな信頼、まったくありがたくないのだが、成り行き上の安全パイってやつに甘んじて来た。

しかーし！　私だってやる時はやる！　私の本来の好みは、スターよりもその裏方。ボクサーよりもそのセコンド。生徒会長よりも生徒会室掃除当番。オスカルよりもアラン・ド・ソワソン（オスカルに楯ついてばっかいるフランス衛兵隊の班長）……という感じ。そういう山が目の前にあれば、私だって果敢に挑むさ。高校の頃、山岳部に籍を置いていたことだってあったんだしな。しかし、この、ヒーローにまったく興味を持たないままこじらせた、ひねくれた渋好みは、いつも親しい女友達を呆れさせていた。あのさー、いい加減、自分の見る目の複雑さをアピールするの止めて、問答無用の格好良さも認めてはいかがかね、と。

その彼女は、好きな歌手は誰？　とブラザーに尋ねられて、即座に、マイケル・ジャクソン！と答える潔さ。素直で明快な答えは彼らを安心させ、たちまち好感度は上がる。

ところが、私は、と言えば、同じ質問に通な奴と思われたくて、O・V・ライトとか、ジェイムス・カーの名前を出したりしちゃってた。どちらもテネシー出身のサザンソウルの名シンガーだが、何も今、そこでその名を出さなくても！　という局面で、何故……？　わざわざ、もてない方向に話を持って行こうとしてしまったのは何故だったのか。この私の好みを解ってくれる男こそ私に相応しいとでも思ったのか。喜んでくれたのは、おじさんブラザーばかりだったよ。

え？　もしかして、公民権運動にかろうじて引っ掛かってました？　みたいな。どうして、無難にスティーヴィ・ワンダーとか答えられないのだ、私という奴は！

ふう、話をボビー・ウーマックに戻そう。三年前に録音された彼の最後のアルバムのジャケットは、その右手のアップの写真である。親指が信じられない曲げられ方で、手の甲に乗っている。こういう反り返らせることの出来る親指を俗語でダブルジョイントと呼ぶ。それは、普通より器用である証明と言われているが、彼のは、そんなレベルではない。ギターを弾き続けて創り上げた人間の手の傑作という感じがする。アルバムのタイトルは"THE BRAVEST MAN IN THE UNIVERSE" 全人類で最も勇敢な男。それは、先に許した男だと、ボビーは歌っている。訃報に接して、その表題曲を聴きながら、そして、手の写真をながめながら、彼は許しのために何度この手を使ったのかなあ、なんて考えた。握手とか、ハグとか、愛撫とか、ギターとか。さようなら、ボビー。あなたの名を出して男にもてたことはなかったけど、思いを分かち合う仲間の数は増やせたよ。ありがとう。

そう感慨に浸っていたら、次は、ロビン・ウィリアムズが自殺しちゃった。世界中の人がびっくりしたように、私もびっくりした。彼が多く出演した「ジュマンジ」のような冒険ファンタジー物には心魅かれなかったが、いくつか大好きな作品があった。とりわけ、深く傷付いたことのある「教える人」を演じたもの。先生とか医者とか教授とかＤＪとか（？）。そのひとつが、「いまを生きる」で、古いＶＨＳの入った箱を引っくり返して捜し出した。で、またもや、びっくり。何と、そのパッケージに「税抜き　¥15,800」とあるではないか。えぇーっ、ＶＨＳって、そんなに高かったの!?　はー、そりゃあ、ヴィデオ屋さんに皆通った訳だ。レンタルでもなきゃ、気楽に家で映画なんか観られないよ。

　我家でいまだにVHSを観られるというと、皆驚愕するのだが、少し前まで家の近所にショップがあって重宝していたのである。そこは、中古DVDとVHS、古本が狭いスペースにぎっしりと並べられていて、エロ本とTENGAのコーナーも充実している、という魑魅魍魎な品ぞろえ。あ、念のために説明しておくと、TENGAってニュータイプのマスターベイショングッズのことね。会社名の「典雅」から来ているらしいが……そうですか、あの行為は典雅ですか……まあ、良いのだが。

　近所で食事をした後、私たち夫婦は、ほろ酔いでその店に寄るのが常だった。と言っても、TENGAに目を向けたことはなく、お目当ては、うんと古いVHS、百円也。これがもう、絶対手に入れられない、おもしろ映画の宝庫だったのだ。マニアック過ぎて、あるいは人気がなさ過ぎて、すでに絶滅したであろう映像作品の数々。あるいはB級としての価値も認められていない捨てられたB級ものとか。中途半端に古いままで放って置かれているものとか。今、囚人役だった頃のトム・セレックが甦っているのなんて日本で我家だけに違いない。元祖黒人セックスシンボルのビリー・ディー・ウィリアムズとかも復活。

「いまを生きる」をどこで手に入れたのかは忘れたのだが、うちにあるのは知っていた。しかし、アメリカで公開時に観た後日本でも観て、それきりだった。コレクションめいた気持で購入しておいたVHSだったのだ。それが、ロビン・ウィリアムズの死で息を吹き返した。改めて泣いちゃったよ。何だか男の子たちがいじらしくって。ある種の女の心の中には、男子校の寄宿舎が永遠の宝箱としてキープされているの。私も、そんな女のひとり。プチ腐女子と自認しているもんね。まつざきあけみの『リセアン』から始まって、『トーマの心臓』『風と木の詩』『オルフェウスの窓』……と、私の世代なら通過儀礼とも言える漫画に夢中になり、映画では、もちろん「モーリス」や「アナザー・カントリー」にうっとりとした……そんな王道を辿った。たまんないよね、男子寄宿学校もの！　という話題で今も延々と盛り上がることが出来る。「いまを生きる」だって、あの舞台あってこそ。アメリカには、すさんだスラムの学校に熱血教師や運動部のコーチが転勤して来て、生徒たちの意識改革をする、という映画の伝統があるが、それとは全然違うんだなあ。寄宿舎ストーリーのトラディッションの魅力って。

あ、でもさ、あの映画にはチャーミングな男子生徒が何人も登場するけど、今も活躍している俳優って、イーサン・ホークとロバート・ショーン・レナード（以下、ロバート）だけではないだろうか。二人共、着実にキャリアを重ねているが、「いまを生きる」の頃とたいして外見に変化のないイーサン・ホークに比べて、ロバートと来たら！　後にゴールデングローブ賞のＴＶドラマ部門の常連だった人気ドラマ「Ｄｒ．ＨＯＵＳＥ」で、主人公ハウスの親友役を演じていた彼。女好きの好人物で、かなり得な役回りであったが、そこで見た彼は何しろ太っていた。えー？　いったい、どうなっちゃったの？　という感じ。「いまを…」の繊細な美少年の面影、まるでなし。現在のロバートのルックスを知った後で、もう一度「いまを…」を観てみると、かなり安心出来る。大丈夫！　この子は、そんなに不幸じゃないって。何だか、ぼけたおばあちゃんみたいな観方なんだけどさ。

こういうふうに私を安心させる俳優群の中に、ジェイムズ・スペイダーという人もいる。「セックスと嘘とビデオテープ」や「ぼくの美しい人だから」の時のデリケイトな雰囲気が、後のＴ

Vドラマ「ボストン・リーガル」では完全に消えていた。つまり、太っていた。
さて、ここから導かれる結論は、こうである。年を重ねて幸せに太った人の様子は、見る人を不安にさせない。ということは、私もこの先、ダイエットを真剣に考えなくて良いということである。ヤッホー！　早速、ガリガリ君のモンブラン味を買いにセブン‐イレブンに走ろうっと（こことのコラボ）。この間の「ミルクミルクミルク練乳」も良かったよ。最近の赤城乳業さん、さえてるねっ。ナポリタン味の失敗から学んだねっ、グッジョブ！　人生に必要なことは、みんなキーティング先生（ロビン・ウィリアムズの役名）が教えてくれた。ありがとう、ロビン！　これからも何度もあなたの映画を観返すよ。

そして、山口洋子さんだ。私が昔から山口さんの小説が好きだったと公言したり、勝手に自分の本をお送りしたのがきっかけで、たびたび近況報告などを書いたカードを送って下さるようになった。ある時には、小さなパッケージが届いたので開けてみたら、ガラスの御猪口だった。あなたのお酒にお似合いよ、というメッセージが添えられたそれには、現代アーティストによるモダンな絵付けがされていた。私はデビュー前、バイトをしていたSMクラブの控室で、馴染めそうにもない雰囲気から逃れるようにして、いつも山口さんの小説を読んでいた。「いな

ポンちゃんの
変顔
コレクション
其の二十
TENGA編
TENGAを
使用して
よがっている男
©2014 Terry Johnson

せ」という言葉が相応しいその文章にノックアウトされていたのだ。その内、やはり熱烈な読者であった先輩女王様と意気投合した。ようやく、そこが自分の居場所になった瞬間だった。ポンちゃんにとって、愛する表現者の死は、to scatter some beautiful ashes in my heart. 言葉の甘露を飲む御猪口、山口さんありがとう。

はからずもおもしろく秋本番

うちの近所にある郵便局が大好きだ。そこは、駅前や繁華街にある郵便局のようなせわしない感じがみじんもない、小さくてのどかな場所。立ち寄ると昭和にタイムスリップしたような気分になる。それもその筈、私は、大学生の頃もそこをしょっちゅう利用していたのだ。あれから何十年も経ったというのに、足を踏み入れるだけで、昔のつたない自分に引き戻されるみたいで、胸がきゅんとしてしまうよ。お金がなくて、不安で、でも夢と希望はあって、暗さと明るさがシーソーゲームをしているような毎日だったっけ。あの頃とほとんど同じ場所に住んでいる現在の自分が、ほんっと、不思議。

その郵便局のお客さんは圧倒的にお年寄が多い。顔馴染みの人々も少なくないらしく、隅にある小さなソファに腰を降ろして世間話に興じていたりする。カウンターのはしっこには、籠に入った飴玉があり、自由に取れるようになっている。昼下がりにはラジオ番組が流れていることも。必要以上にスピーディであるとか、便利であるとかを、お客さん側があまり求めていないのね。もちろん、局員さんたちの手際は良く、こちらのニーズはきちんと満たしてくれているが。

昔、『Ａ２Ｚ《エイ・トゥ・ズィ》』という小説で郵便局員の若い男と人妻である女性編集者のラヴ・ストーリーを書いた。何故か郵便局というところは、いつも私のお気に入りの空間である。それが、うちの近所のそこのようにピースフルな雰囲気が漂うのであればなおさらだ。私みたいな超アナログ人間の強ーい味方。創作意欲を喚起させてくれる頼もしいスペース。郵便局ばんざーい！

でも……でもね、たったひとつだけ言いたいことがあるの。時々、サーヴィスとして贈られる品々……あれ、あんまり嬉しくないの。変なキャラクターの付いたハンカチとか、数々の赤いポストを模したグッズとか、歴代の富士山の切手を紹介したちっちゃなカレンダーとか……ええ、ひと様にいただいた物に文句を付けてはいけないと幼ない頃から両親にきつく言われて来た私です。よおく解っています。でも、そんな私でも言いたいの。これらの品々、いったい誰が喜ぶの？　ハンカチにプリントなんかいらないし（リラックマなら大歓迎だが）、大昔の赤いポストのグッズも困る。いつぞやは、十五センチくらいの竹筒と同じ大きさのポストをもらった。どうやらペン立てのようであるが、どうしたら良いのか……美的インテリアからはほど遠い我家であるが、それでも、小物の好き嫌いはあるのね。捨てるには忍びないし、はて、どうしたものか。

などと夫婦で話し合っていたら、夫が、さもグッドアイディアが浮かんだというように手を叩いた。

「串入れにしよう！　焼き鳥とか串揚げとか食べに行くと、食べ終わった後の串入れあるじゃない！　このサイズ、まさにそれだよ！」

「……その焼き鳥と串揚げ誰が作るんですか？　そして、串を入れた後、誰が始末して洗うんですか？」

「あ……」

途端に窮地に陥る夫であった。その案はボツね、と冷やかな目で彼を見た私。でも、今、そのミニポストは夫の提案通り串入れになっている。そこに串を入れるという目的をまっとうすべく、私が仕事場から帰る途中に見つけたおいしい焼き鳥屋さんでテイクアウトすることが増えた。そして、串を捨てた後のポストは、いつも夫が粛々と（？）洗っている。時たま、レトロな赤いポストの設置される我家の食卓。「ナニコレ珍百景」に登録して欲しいものだ。いつのまにか、うちの必需品になっちゃったよ。今では、これがないと串物食べた気しないもんね。前言撤回。郵便局さん、ありがとう。

ところで、皆さん。外で串物を食べる時、あなたは、あらかじめ箸で串から具材を外して食べる派ですか？　それとも、串を手にしてかぶり付く派ですか？　私は正直どっちでも良い。我を張らずに、皆の動向をうかがい流されて行くタイプ。こういう場合だけ、空気を読める奴になれるのね。でも、世の中、そういう投げやりな人間ばかりでなく、串から外す！　外さない！　で力こぶを作って主張する人たちっているのもいるのね。私の知っているある焼き鳥屋さんなんて、カウンターの上に「絶対に外さないで食べて下さい」という注意書きがプラスティックパネルにはさまれて、メニューと一緒にいくつも並んでいるもんね。店からの強制……しかも、「絶対」って……そこに私は、ある種の焼き鳥道のストイシズムを見る……ああ、面倒臭い。しかし、外さないで、串から歯で引き外しながら食べる旨さも充分解る。小ぶりのが、ぎっちりと串に押し付けられて焼かれたやつは、そのままワイルドに食べた方が絶対においしい。まあ、焼き鳥の種類とその場のメンバーによるよね。

などと悠長に構えていたのだが、漫画の『目玉焼きの黄身　いつつぶす？』（おおひなたごう作、

ＫＡＤＯＫＡＷＡ／エンターブレイン刊）のシリーズを読んでいたら、うーむ、それで良いのか、と自問自答せざるを得なくなったのである。

久住昌之さん原作のものを始めとして、食への大仰なこだわりがたいそう愉快な漫画は数多くあるが、ここで追求されるのは徹頭徹尾「食べ方」。題名に端的に示されているが、他の見出しもこんなふう。

「ショートケーキの苺　いつ食べる？」

「カレーのルー　どうかける？」

「とんかつのキャベツ　いつ食べる？」

「納豆　ご飯にいつかける？」

などなど。そこで、私を困惑させたのは、これ。

「焼き鳥　串から外す？」

飲み放題の居酒屋チェーンで、大皿に盛られた焼き鳥。その串の一本を手に取り、がしがしと歯で引き抜きながら食らう主人公。チェーンの居酒屋も馬鹿に出来ないなあ、と満足してビールか何かの飲み物をごくり。そして、ようやく人心地ついてあたりを見渡して唖然。彼以外の全員が一心に大皿の上で串から肉を抜いていた……そこで、その行為にどんな理由があるのか、と追求して行く。ばっかみたい。でも、この種の馬鹿馬鹿しさって、ほんっと楽しいんだよなー。

その理由は人それぞれで、単に色々食べたいからシェア出来るようにとか、女子の気配りアピールとか、口が汚れるとか、さまざま。しかし、私にヒットしたのは、そのどれでもない。それは、ある男子の「串のまま食べると面白い顔になってしまう」という発言。あー、そうそう、と頷くことしきりだった。串にかぶり付く時、刺さりそうなのを避けるため、最初のひと口以外は横から歯をむき出して引き抜こうとする。確かに、その時の顔って、どんな美男美女もおもしろい顔になっちゃう。うーむ、余程親しい人たちと食べる時以外は、あらかじめ串は引き抜いた方が良さそうである。あ、でも、私、その「余程親しい人」以外とは食事をしない主義だったんだ。それに美女じゃないし、なろうとも思わない向上心のない奴だから、ま、どうでもいっか。

自ら作って人を笑わせようとか、ファニーな自分を演出しようと目論む「変顔」に比べて、意図しないところでさらけ出してしまうおもしろい顔って、目撃した側は愉快さと同時にばつの悪さも感じてしまう。美男美女に生じた隙に垣間見たそれならなおさらだ。

たとえば、お蕎麦を啜る時とかさ。あの瞬間って、どんな別嬪さんでも口元がおばあちゃんになってませんか。上品にやろうとすればするほど、そうなる。あと、下瞼にアイライン引いている時。パウダールームで化粧直しする人の目が「あかんべ」状態になっているのを目撃してしまった時、何だか、こちらの方が気まずい感じで慌てて目を逸らしてしまうの。鼻の下を伸ばしている人もいるよね。美人が四六時中美人でいる訳がないのがよく解る。まあ、そういうギャップを逆手に取って、ますますチャーミングさを増す人もいる訳であるが。

高校の頃、すごくもてている女子と偶然近付きになった。その子は、華やかさを振りまいて人気があるタイプと違い、いわゆる清純派の可愛らしさが人目を引く子だった。そういう女の子の常で、何となく他の女子たちから疎まれていた。やっかみと思われたくないから声を大にして言うことはなかったが、皆、心の中で思っていた筈だ。何だか、わざとらしい気がするって。ぶりっこという言葉はまだなかったと記憶しているが、いかにも男子好みの清楚な雰囲気を、作り込んだものとして受け取っていたのだろう。男が守ってやりたいと感じる彼女の弱さを、女は隙のない弱さの演出と見抜いていたのだ。

壇上に立って全員の前で発表しなくてはならない時、彼女は頰を染めてはにかんだように喋った。女子は、あえてその様子に何の関心も持っていないかのごとく振舞っていたが、男子の心が一斉に色めき立つのが解った。男性教師だって目を細めていたもの。

すごい実力！　と前々から感じていた私は、二人きりになったある日尋ねてみた。

「ねえ、○○さんて、どうしてそんなにもてるの？」

今、思うと、ものすごい直球ど真ん中の質問だ。そんなことないよお、と彼女は手を顔の前で振りながら笑って否定した。しかし、私はしつこかった。

「いや、もててるよ。事実でしょ、これ」

嫌味を言う気などさらさらない私に気を許したのか、彼女は言った。

「もしそうなら、たぶん私が他人に見られたくないって思うところが人と違うからだと思う」

「え？　たとえば？」

「私、ものを食べてるのを見られるのが死ぬほど嫌。あと眠っているところも」

へえーっ、と驚いた。と、同時に、何だか妙に腑に落ちてしまったのだった。そうか、彼女の「モテ」は、生身の自分を決して他人に見せないという秘策で成り立っていたのか。そりゃ目立つわ。だって、高校生なんて本能優先のプチけものみたいなもの。校内での飲み食い、居眠りは当り前。おまけに、あちこちで発情して男女が追いかけっこをしているし。そんな中で、彼女だけが淑女の礼節を守り抜いていたのだ。男のナイト（夜じゃなくて騎士ね）願望をかき立てる訳だ。休み時間に売店の揚げパン食ってる場合か、私！　でも、人には向き不向きというもんがあるものね。私は、私。これからも堂々と野放図の道をまっしぐら……と誓ったかどうだったかは忘れてしまったが、目からうろこが何枚か落ちたのは確か。

あの子は、どんなふうにお弁当の時間を過ごしていたんだろう。全然、思い出すことが出来ない。覚えているのは、つき合い始めた男子の詰め襟の学生服を平然と肩に掛けたまま自分の席に着いていた姿だ。なあに、あれ？　と聞こえよがしの悪口を言われても少しも動じることがなかった。私は、ただ彼女の言葉を思い出していた。他人に見られたくないと感じることの価値基準の違いを打ち明けたあの時の言葉。食べているのを見られる方が、彼女にとっては、ずっと恥ずかしいんだよ。噂話をする女の子たちに言ってやりたかったが、あの年頃でその真意が解る筈もない。ええ、私には解りましたとも。だーって、未来の小説家ですもの、ほほほほほ。

ともあれ、食べる姿を恥ずかしいものととらえる人に会った、それが私にとっての初めての経験。私は今でも、そんなふうにはまったく思わないが、その感覚、有りな気がする。男子がお弁当を隠しながら、見てんじゃねえぞ、と言わんばかりにがつがつ食らうのとは、まったくの別物。慎しみが呼ぶ後ろ暗いエロティシズム、のようなものを感じるのである。

食べることは、人生の幸福を形作る重要なパートと認識され、それをないがしろにする人は解ってない人、と思われがちな昨今。食いしん坊の私なども陥りがちなのだが、食べる喜びには常に卑しさが背後に寄り添っているのを、人は忘れてしまう。美味を追求するのは至福だが、その際には、いつもひと匙の恥の意識を忘れないようにしようと肝に銘じよう。

そう言えばこの間、私は、おもしろい顔ならぬおもしろい状態になって困り果てた。

その日、私は着古したバーバリーのトレンチコートを羽織り、その襟を立てて颯爽と歩いていた（当社比）。足許は、男前のコンビのオックスフォードシューズ。なーんか、ちょっとハードボイルドな女って感じ？　と勝手に悦に入っていたのである。そういう出立ちで、明るい内から大衆酒場で飲むのも乙なもんだよね、と早い夕ごはんを焼き鳥ですませようと某所へ。へへっ、やっぱり、ここは黒ホッピーかな、などと思いながら颯爽と席に着き（当社比）、コートを脱ごうとして異変に気付いた。バーバリーのトレンチコートの襟の部分には、チン・ウォーマーと呼ばれる布のパーツがボタンで止められているのだが、そこに、私の髪の毛が巻き込まれてしまい、とんでもないことになっていたのだった。絡まるというレベルではなく、私とコートが一体化してしまっているという感じ。髪をほぐそうとしても引っ張っても全然離れない。同世代の女性の皆さんなら経験があると思うが、昔、家庭科の実習中に初めてミシンを使った時、ボビンに何重にも糸が絡まってにっちもさっちも行かなくなった状態、あれと同じになっちゃったのである。

ひー、痛いよう、助けてよう、と半分脱ぎかけたコートを髪にぶら下げて悲鳴を上げる私。一緒にいた夫が必死に外そうとしても駄目。従業員のお姉さんが来て、私にも経験あります、わは、は、と笑う。あのね、笑いごとじゃないんだって、いや、マジで。しばらくの間格闘していたが無理のようだと思ったらしく、夫がお姉さんに言った。

「鋏、貸してもらえませんか、すぐ！」

よし来た！　という感じで、お姉さんは子供の文房具のような小さな鋏をどこからか持って来て夫に渡した。そして、彼は、私の髪をじょっきん！　ようやく、私と一体化していたコートは離れてくれました。もちろん、食べ物屋さんの迷惑にならないよう、コートは髪の毛ごと丸めてトートバッグに押し込み、後で、払い落としました。あー、もう！　何やってんだ、私！　おやじさんたちの聖地と呼ばれる飲み屋で格好悪ーい、ぐっすん。夫もお姉さんも笑っていたけど、一番笑う……いや、嗤ってやりたかったのは自分。ハードボイルドは北方（謙三）キャプテンにまかせることにします。ポンちゃんにとって、日々の笑いは、raising my easygoing gene のたまもの。焼き鳥を食べながら、その串で自分の体のツボを押す私の友人……。

ポンちゃんの
変顔
コレクション
其の二十一
パウダールーム編
化粧直しする人
©2014 Terry Johnson

師走にいたいけ研究家も走る！

この間、近所のコンビニに行った時のことだ。ドアに手を掛けようとした私の横で、ばっしゃん！　と派手な音と共に熱々のお湯を注いだばかりのカップ麺がぶちまけられた。失敗しちゃったのは、近所の建設現場で働くお兄さん（たぶん。その職種の作業着を着ていたから）。何と無謀なことに、店内のポットから熱湯を注いだ麺の容器を手に持ったまま、停めてあった自分の自転車を出そうとしたらしいのだ。抱えて乗るつもりだったのか。あるいは、押して行くつもりだったのか。どちらにしても、不可能に近いと思うが、何らかの事情でトライせずにはいられなかったのであろう。

カップ麺の容器は、大盛の丼タイプ。コンビニのエントランスには、大量の麺とスープが広がって行った。ああっ、どうするの？　この始末!?

そう思って、注視する私。すると、その若者はどうしたか。しゃがみ込んで、黙々と、熱々であろう麺をつかんでは丼に戻し、つかんでは丼に戻しをくり返し、綺麗に片付けた後、きっちりと蓋を閉め直して目の前のゴミ箱にそっと捨てたのであった。そして、もう一度、店内に戻り、カウンターのポットからやはりカップ麺にお湯を入れている、先輩らしき人に言ったのであった。

「おれ、今、ラーメン落としちゃって……」

呆れて、大声を出す先輩（らしき人）。

「ええっ!?　マジかよ？　おまえ、ばっかじゃねえの!?」

「はい……」

と、まあ、私が観察（盗み見？）していたのはここまでであるが、あー、何だか、とーっても、せつない気持。こういうのを「萌え」っていうの？　え？　もう死語なの？　じゃ、「胸キュン」（これも死語だったが復活したらしい）。だって、火傷しそうに熱い麺をつかんでいる姿が、あまりにもいたいけだったんだもの。その瞬間、彼の顔に浮かんでいた絶望感といったら、なかった。さぞかし空腹だったんだろう。解る、解るよ、翔ちゃん！（誰!?）

彼は、ちっ、と舌打ちして、片付けることなしに、その場から去ってしまうことだって可能だった筈だ。自転車に乗って、少し離れたコンビニで新しく昼ごはんを調達することだって出来ただろう。そんなずるをしないまでも、中に入って店員さんに訴えて指示を仰ぐ選択もあっただろう。それなのに、咄嗟に素手で熱湯につかっていた麺をわしづかみ。私が、もっとうんと若かったら、きっとハートもわしづかみにされていたわね。そして、よこしまな動機から、片付けを手伝っていたかも。あー、そんな気がさらさら起きないくらいの年寄になって良かった。血気さかんな小娘の頃だったら、手だけでなく心まで火傷していたに違いないわ。おばあさんになった私を悪く思わないでちょうだいね、翔ちゃん（だから、誰!?）。

家に戻ってからも、その光景を思い出しては何となくもやもやしていた。いったいどうしてだろうと考えている内に、はっとした。私には、遠い昔に同じような気持になった経験がある！

あれは、小学校の三年生だったか四年生だったかの給食の時間に起きた出来事だった。クラスきってのお調子者の、仮りにAくんとするが、そのAくんがふざけたはずみで、給仕される順番を待つ子供たちの列に突っ込んだのだった。その中のひとりの子のトレイが副菜の入った大きなアルミのバットに落ちた。主菜のカレーだったかシチューだったかがもうサーヴされた後で、それごと副菜の中に流し込まれてしまった格好。皆が、うおーっ、と声を上げた。その日の副菜、それは、おかずじゃないだろ、おやつだろ？　と誰もが思って楽しみにしていたフルーツポンチだったのだ（当時の小学生にデザートという語彙はなかった）。

誰もが落胆の色を顔に浮かべた。あの頃の給食のおかずは、お世辞にもおいしいとは言えず、けれども完食しなくてはならないという苦行を課せられ、多くの子供たちが甘味系に救いを求めていたのだ（ちなみに私は、と言えば、当時から甘いものに関心がなかったので、同じ班の男子に食べてもらっていた）。

給仕台をいつのまにか大勢の子供たちが取り囲んでいた。もちろん、中心にはAくんがいた。そして、恨みがましい視線をいっしんに受けていた。

たとえば、これがAくん以外の子のミスによるものだったら、誰かが庇い、そして、先生が来るまでに何とかしようと皆で知恵を出し合ったかもしれない。けれども、誰もAくんには加勢する気になれないのだった。何故なら、彼の度の過ぎたふざけ具合に、日頃から皆、うんざりしていたから。彼の道化ぶりは、人を笑わせるレヴェルを越えて、いつもやり過ぎていた。自分でもそれを解っていて、あえて暴走していた感じ。大人であれば露悪的という言葉を当てはめたことだろう。しかし、本当にやり過ぎてしまったこの時、彼の口から事態を笑いのめす言葉は出て来ないのだった。

先生、来ちゃうよ？　と誰かが言った。それをきっかけに、皆が騒ぎ出した。運良く被害を免れた子たちは、既にトレイを前に席に着いている。

とりあえず、フルーツポンチなしで配っちゃおう、という給食当番の声に従って、皆、再び列に並び直そうとしたその時、担任の先生が入って来た。そして、ざわめきに不審な表情を浮かべてあたりを見回し、副菜のバットに目をやった。何が起ったのか瞬時に悟ったようだった。うなだれているAくんに目を止めて、先生は言った。

「あーあ、やっぱり馬鹿なんだな」

当時は、先生が子供たちを馬鹿呼ばわりするのは良くあることだったから、周囲は、その言葉を当然のように受け取った。

「で、どうするつもりなんだ」

Aくんは、その問いかけにどう応えたか。彼は、いきなりバットの中に手を入れて、落としたトレイをつかみ引き上げた。そして、手にした新しいトレイにそれを重ねて、主菜のエリアにも副菜のエリアにも、カレーだかシチューだかの混ざった元フルーツポンチをたっぷりとよそったのである。

先生は、よし、というように頷き、Aくんに、罰として教壇の前に正座して食べるよう命じた。騒がしい子に教壇をテーブル代わりにして昼食を食べさせる光景。実は、これもまた、さほど珍しいものではなかったのである。でも、自分から、ただでさえおいしくない給食のおかずの、さらにひどい状態になったものを、それしかない選択肢のように咄嗟にトレイによそう場面なんて、初めて見た。しかも、泣きべそをかいたり、反対に悪びれたりすることもなく、粛々と。

Ａくんにぶつかられた子の後の列に並んでいた子たちは、結局、フルーツポンチ抜きの昼食となり、そのことに対して不服気な意思表示をしていたが、その内、どうでも良くなったようで、いつものなごやかな給食風景がくり広げられた。

しかーし！　私は気が動転したままだった。教壇に向かって背を丸め、さぞかしひどい味であろう給食を口に入れているＡくんを離れた席からながめながら、胸がどきどきするのを抑えられなかったのである。普段、辟易するような愚かしい振舞いばかりのＡくんなんて、どちらかと言えば苦手だった。それなのに、何かに屈服させられたかのような表情を浮かべて、手をべたべたにしながらトレイを引き上げたＡくん。ああーっ、私の小説家魂が小説家魂が……いや、まだそんなものは欠片ほどもなかった幼少時代であるが、今に至る私だけのせつなさの系譜に連なる、細胞のひとつになったことは確かかね。

わざとらしいウケねらいで私をうんざりさせて来た男の子に見出したいたいけさ。そう、「いたいけ」が私の胸をきゅっとつかむキイワード。あくまで、私だけが見つけたスペシャルなものね。コンビニの入口でカップ麺ぶちまけた若者のいたいけさだって、私だけのものでなくてはならない。麺をわしづかみにした指の爪の汚れ具合は、私だけのセンス　オブ　ワンダーであって欲しいのよ。

あの事件以降、Ａくんは人が変わったように大人しくなり、深い憂いをたたえた瞳の、味わい深いたたずまいの少年に変身した……なんてことはまったくなく、私の期待を裏切って、元のお調子者に戻ってしまった。確執が続くであろうと思われた先生との間もそれなりに良好さを取り戻した様子だったし。……ふん！　何なの？　いったい。幼なかりし私の純情を返せよ、こらっ。

私は、小さな頃からドラマの種を見つけるのに事欠かなかったが、現実の世界でそれらの展開を見ることなどほとんどなかったのである。何故？　ホワーイ？　事実は小説ほど奇ではない？　しかし、やがて大人になって行くに従って、「事実は小説よりも奇なり」というバイロンの言葉を証明する機会にたびたび遭遇することになる。もしかしたら、「いたいけ」なのは私自身なんじゃないの？　と自己憐憫に浸る回数を重ねながら、ドラマクウィーン（お騒がせ女）の場数も少なからず踏んだ。で、今、ようやく私は「いたいけ学」の大家（おおやではない）になったのである（自称）。いたいけなあなた。そして、いたいけな私。「いたいけ」のギブ　アンド　テイクは人生を甘くやるせないステージへと変えるであろう（大家談）。

それにしてもさ、書いていて子供の頃の給食思い出して、ほんと腹立って来たんだけど、私と同世代の皆さん、どんなふうでしたか？　私は、小学生の頃に何回か転校したのだが、その内のひとつの学校は、給食のすべてがひどかった。すべて、とは、味やクウォリティだけでなく、作法やしきたりなども含む。先に書いた、何かをやらかした時の見せしめとして、床に正座させて教壇をテーブル代わりにして食べさせるのもそのひとつ。

最後に食器に残った汁やソースをパンで拭う、という決まりもあった。転校生である私を苛めるために、そのことをわざと教えないでいた子たちがいた。そして、私が、パンの最後のひと口を口に入れた瞬間に、皆で糾弾し始めたのであった。どうして良いのか解らなくなった私は咄嗟に、咀嚼しつつあったパンを口から出して食器を拭ったのだった。その後、どうなったか。私は、その子らが飽きるまで生け贄となり、汚ない転校生と呼ばれ続けたのであった。

今もフランス料理の店で、おいしいソースを残せずにパンで拭う同席者を見ると、当時を思い出す。口惜しさが甦るかって？　ううん、全然そんなことはない。それどころか、笑い出したくなる。だって、私も、同じことをするもの。子供の頃とは、まったく違う心持ちで、今の私は皿を拭うことが出来るのだ。そうしながら思う。子供の頃の私はいたいけだったな、と。でも、それは、大人が隠し持ついたいけさとは異っている。私はもう、大人の中に子供以上にひどく残酷な苛め方をする人々がいるのを知っている。そういう人たちに傷付けられて生まれてしまったいたいけさは、私をとりこにして止まない。好きな人が負ったものなら、その傷、舐めてやりたい、と思う。そんな気持を常に抱えて、私は小説を書き続けている。この頃、相思相愛とは傷を舐め合うことではないか、ととみに感じている。小説ともそうなりたくて、長い間、求愛しっぱなしだ。

ところで、話は給食に戻るが、不遇だった私の給食時代と比べると今はものすごくゴージャスらしいね。姪が小学生だったあたりに、既に劇的変化を遂げていた。実家の冷蔵庫の扉に止めてあった献立表を見てびっくり！　何とかかんとかのアメリケーヌソース、リゾット添えとか、豚肉のカスレ風煮込みとか、デザートには何とティラミス風ケーキまで。姪の中でも一番食いしん坊で、当時から、グルメにしてグルマンの片鱗をうかがわせた二番目の子など、風邪で高熱が出ても給食を食べたいあまりに登校しようとしたという……あーん、給食ごときで、今も根深いルサンチマンを引き摺る私にとっては、すごく羨しい。いや、しかし、あの子たちはあの子たちなりに別の種類の困難と戦って来たのだろうけど。

と、ここで話は唐突に変わるが、この間、BS-TBSで、「昭和の巨星スペシャル　作詞家・

阿久悠〜時代を超え今も心に灯る５０００曲の言霊〜」という二時間番組を放映していた。実は、我家には、夫所有の「人間万葉歌　阿久悠作詞集」という愛蔵版ＣＤボックスがあり、酔っ払いたちの盛り上がりに一役買っているのだ。去年のクリスマスの食事会でも、マイクに見立てた胡椒挽きを握り締め、曲に合わせて歌いまくる人が続出。にわかジュリーとか、フェイク（山本）リンダとか、なんちゃって（夏木）マリが登場しては消えるという、スターダストぶりを披露していたのだ。

これはもう、観るしかないでしょう、という感じで画面に釘付けになった。私は、七〇年代の終わりから九〇年代にかけてＴＶのない生活を送っていたので、ラジオなどで耳にすることがありながら、映像的には初めてという曲もいっぱい。

「えー、『もしもピアノが弾けたなら』の時の西田敏行って、こんなに若かったんだ!?」

「これ聴いて、おれもピアノ弾けたらもてるようになるのかなーって、習おうと思ったもんね」

「ええっ!?　習ったの!?」

「いや、思っただけ」

「あー、やっぱねー」

などというポンチなやり取りをくり返しながら、知っている曲を口ずさんだりした。

で、つくづく思ったのだが、すごいなー、阿久悠。偉大だなー。昭和の流行歌を作る才能って、数少ないある種の人々に集中的に与えられていたような気がする。でも、そんなにも膨大なギフトを与えられた人には、凡人には到底計り知れない苦労があったことだろう。

実は、私もデビュー間もない頃、アイドルの作詞を二、三曲したことがある。プロデューサーは誉めてくれたけれども、無理して御世辞を言ったのだ。だって、ほんと、全然つまんない詞だったもん。ところが、横に並んだ売野雅勇さんの詞のおもしろさと来たら！　意味のない言葉が、歌の中できらきらしていたのだ。小説家は駄目だね。言葉の不毛さと遊んでやることが出来ない。いたいけ過ぎると思っちゃう。ポンちゃんにとって、いたいけさとは、just like a endoscopy 4 my love thing で見つかる。「絹の靴下」の〈抱いて獣のように裸の私に火をつけて〉って……これ、お茶の間に流れてたんだ……ひゃー。

ポンちゃんの
変顔
コレクション
其の二十二
激しく歌い踊る
オールドファン編
成りきリンダ
©2015 Terry Johnson

万物（含む、虫と金俊平）と生きる新年

サラダドレッシングのＣＭで、丸ごとのキャベツを蒸し煮して、ほかほかになったそれにナイフを入れるというのがある。そこに商品であるドレッシングをたらーりとかけて、新食感の温野菜サラダの完成。観ていたら、本当においしそうで、おなかがグー。でも、同じようには作らないのである……いや……作れないのである。ねえ、皆さん！　洗っていないキャベツの隙間のこと、気にならないの!?　私は、おおいに気になる。と、言うより、怯える。汚れ？　農薬？　違ーう！　いや、それも少しは心配するが、私が恐れているのは、虫。葉っぱの隙間に虫が棲んでいたらどうすんのー!?　釜ゆでの青虫とか出来上がっちゃったらどうすんのー!?

青虫。それは、私の天敵である蝶の赤んぼである。幼虫自体はどうってことないのだが（ここが皆不思議がるポイント）、蝶は、ひらひらと飛ぶ様子を見ただけで鳥肌が立つほど。何故、そこまで嫌いになってしまったのか、生理的という言葉を当てはめるしかないのだが、いくつかの具体的な要因もあるにはある。幼ない頃、転校生だった私に見せつけるようにして、毎朝のように紋白蝶や紋黄蝶の羽をちぎっては空に向けてまいていた男の子の存在とか、大きな蜘蛛の巣にかかってもがく揚羽蝶が餌食になって行く様子を目撃したこととか。

で、そこに加えられるべき、もうひとつの事件があった。それは、やはり幼少の頃。夕食の支度をしていた母が、きゃあ！　と叫んだので見に行くと、巻きのしっかりした、いかにも新鮮なキャベツの葉の間に蝶がはさまれていたのであった。キャベツの生命力があまりにもすごかったのか、羽化したばかりの蝶の体力が足りなかったのか、野菜の中に閉じ込められ、ほとんど一体化してしまった哀しい生き物がそこにいたのであった。

もちろん、既に息絶えていた。キャベツの葉の葉脈が型押しされたまま、くしゃっとたたまれたような羽の有様に、私の目は釘付けになった。いや、体全体が金縛りに遭ったように身動きが取れなくなってしまったのだった。今にも、ゆっくりと羽が開き始めて、ぴんと皺が伸びた後、ひらりと宙に浮いて飛び回りそうな気がして。そして、そんな生命の神秘の目撃者となるであろう自分の身の上に、何か、とても不吉なものを感じて。

そう、子供の頃の私は、生命の神秘を感じるたびに、感動よりも畏怖、あるいは恐怖の方を先に感じてしまう性質《たち》だった。

あのキャベツは、蝶のいた周囲を除いた後、何ごともなかったかのように、おみおつけの具か何かになってしまったと記憶している。抵抗していた私も、叱られながら、結局食べてしまった。キャベツ嫌いになることもなかった。しかし、ふとした拍子に、あの縮緬《ちりめん》のような羽の状態のまま息の根を止められた蝶のことを思い出すのである。その瞬間に起きる身震いは、とても新鮮なもので、私は改めて蝶に対する嫌悪感を意識するのである。この不快さ、もう定番。

でもさ、私みたいなそんな経験なくても、キャベツ丸ごと調理に躊躇する人は少なくないんじゃないかなあ。葉を一枚一枚むくと、時々表面に、きらきら光る透けた黄色のビーズみたいな粒が散らばっているじゃない？　あれ、青虫の糞だって知ってた？　丸ごと調理は、あれも一緒に食べちゃうってことで……と、ここまで書いて来て思ったが、キャベツを食べて育って来た青虫はキャベツで出来ていて、その糞もまたキャベツで成り立っているなり。あ、ってことは、そんなに気にすることないのか。そして、世の中の人々は、青虫の糞程度でおたおたしたりはしないのか。もしかして、こんなことで気に病んでいるのは私だけ？　あのCMを見て、キャベツにナイフ入れた瞬間、何出て来るか解らないよ？　と余計な心配をしているのも私だけ？

虫嫌いを公言している私であるが、何故か、虫から逃れられない運命にある。

産地直送の市場のような野菜コーナーで、農家から出荷されたケースごと大葉（青紫蘇）を買った時のこと。十枚ひとくくりにまとめられたものが十束、つまり百枚。これだけあれば大葉の香りを十二分に楽しめる、とわくわくしながら、冷蔵庫の野菜室に入れた。しかし、急な食事の誘いが重なって、すぐに料理に使うことが叶わず、そのままにしておいた。何日か経って、もう萎びちゃったかなー、と思いながら、野菜室を覗くと、はたして大葉のケース越しに黒い斑点がいくつも散らばっている。あーあ、やっぱり駄目にしちゃったか、とケースを取り出して開けた途端に、きゃーっ！　丸々と太った芋虫が二匹、レース編み状の大葉の上に野放図な様子で転っているではないか。黒い斑点に見えたのは糞だったのである。

また、ある時は、まとめ買いした獅子唐のパックのひとつに得体の知れない茶色の卵が、びっしり詰まっていた。袋に入れてもらう際、中のひとつが色付いているような気もしたのだが確認せずにいた。実は、その正体が、もりもりっと（まさにそう形容したい大粒）生まれた卵の群れであったとは。その話を友人のフレンチのシェフに伝えたら、虫も喜ぶ旨くて新鮮な野菜の証じゃん、と一笑に付された。エイミー、日頃、冒険家のくせして、案外と臆病なんだなーって。冒険家。ええ、確かにわたくしは、世界各国のスラム街に侵入し、我物顔であたりを闊歩した経験を持つ冒険家。日本人を見たことのない人々に、「アーユー　ヨーコ・オノ？」と勘違いされたこともある女丈夫さ（なんで？　年齢、違い過ぎ）。

　でも、でも、私の冒険は、対人間にしか通用しないの。豊かな自然の中では、常にびくびく小心者でいるだけ。特に海よりも山。海岸の岩場にびっしりと船虫がたかっていてもどうってことないのに、木の葉や枝に擬態した昆虫に気付いただけで、足がすくんでしまうのである。まだ電気もお湯もない頃のバリ島の山奥に長期滞在した時なんか、すべての虫が拡大サイズで、本当に恐しかった。まあ、若気の至りのロマンスに没頭することで、何とか乗り切ったが。

　あ、南の島の話で思い出したことが。もう十数年も前だが、当時、ＦＭラジオの夜中の番組で、ＵＡ《ウーア》がパーソナリティを務める「カピバラレストラン」というのを放送していた。彼女の語り口とエピソードと選曲が、とても魅力的にミクスされていて、毎週楽しみにしていた私。その夜も、お風呂上がりに耳を傾けていたのだが、温まった体がいっぺんに冷えてしまう逸話が語られたのである。

　それは、ある晩、彼女の女友達がカップ麺を食べようとした時のこと。早速、お湯を沸かして容器に注ぎ、待つこと三分。その際、友達は、紙の上蓋を押さえるために、南の島のお土産として買って来た、椰子だかバナナだかの葉で編まれた小物入れを載せた。で、そのまま、しばらく放って置いたのだが、何だか様子が変。どうも小物入れが動いているような……で、目を凝らしてようく見てみたら……その編み目という編み目から羽虫のようなものが噴き出して来て、うひゃー!!　……と、おおよそこんなふうな話。ぶるぶる。お湯の熱で、いっきに羽化したのか、それとも冬眠から目覚めたのか（まさか）。いかにもありそうな、虫嫌いにとっての大事件。想像しただけで、いても立ってもいられなくなる。虫が苦手な人間は、ありとあらゆる虫との遭遇の可能性を考え、身構えているものなのだ。

そう言えば、虫つながりで思い出したが、皆さん、ゴキブリは嫌いですか？　私は、そんなに嫌いじゃないです。蝶よりは、はるかにまし（この辺も、すっごく不思議がられるポイント）。大学時代は、ぼろっちい飲食店のカウンターに立っていたから、ゴキブリを包丁の背で峰打ちして、しゃっとシンクに葬るのが日常茶飯事。住んでいた古いアパートにも出現して空中を飛び、泊まりに来た友人たちを狂乱の渦へと巻き込むこと多数回。慣れなのか。いや、違う。蝶や蛾に慣れることは、この先、絶対に有り得ない筈だ。私の中で、害虫としての順位が意外にも低い小物。それがゴキブリ。

でも、ゴキブリを見て大騒ぎする人の多いこと。ほとんどの人たちが、不快害虫として糾弾するゴキブリ。ここで私は、昔、犯した罪を謝罪しなくてはならない。でも、二十年も前のことだもんね。時効。私の判断で。

女四人で香港旅行をしたのである。朝から晩まで、美味なるものを追い求めて歩き回った、食いしん坊たちにとっての至福の旅。充実した日々の最後を飾るのは、麻のテーブルクロスと象牙の箸が眩しいハイクラスな広東料理のレストラン。心置きなくラストディナーを締めくくるべく、贅沢な料理をいくつか頼んだ。極上の上湯《シャンタン》の中を泳ぐグラスヌードルのようなフカヒレとか、噛むたびに口の中で官能的にとろけながら歓待してくれるナマコのXO醤炒めとか（グルメ雑誌っぽく書いてみました、おほほ)。

皆、それぞれにワインや紹興酒を飲み、同時に、どんどん注ぎ足してくれる普洱茶《プーアル》も流し込む。このお茶、最初はカビ臭くて古くなったような香りだと感じたが、慣れてしまえば、これほど中華料理に合うものはない。口の油を流して、さっぱりさせてくれるから、どんどん食欲が増して行くのである。

お店の人のサーヴィスも良い感じで、何度か、お茶のポット自体を取り替えてくれた。で、その何度目かの新しい茶葉で淹れられたお茶のポットが私の前に置かれた、その時、私は見た。蓋と本体の間から、にょっきりとはみ出していたゴキブリの足を。さあ、どうする、私！　皆の舌鼓は最高潮に達しながら打たれ続けているよ？

と、その時、私たちのテーブル係のお姉さんが通り掛かり、ポットを手にしたかと思うと、そのまま、皆の茶碗にお茶を注いでしまったのである。あー。

「このお茶、癖になるー」

「ねー、合うよねー」

と、ごくごく飲む、皆さん。にっこりと笑って、お姉さんは、ポットを私の前に戻した。その瞬間、私は、ありったけの力を込めてアイコンタクトを送りながら、そっと、ポットの蓋を、いや、ゴキブリの足らしきものを指差した。お姉さん、感じ良く目で問いかけ、直後にぎょっとして、すみやかにポットを持ち去ったのであった。

「あれー、いつのまにか、お茶のポット持ってっちゃったねー。詠美ちゃん、頼んでくれる？」

あー、はいはい、と言われた通りにする私。今度は何故か別の人がポットを運んで来たが、蓋を開けて中を確認する勇気は、もうなかったよ。ごめん、森山（この時の同行者のひとりである担当編集者。その昔、私や銀座、六本木のバーのお姉ちゃんたちと姉妹の契りを結んでいた）。でもさ、ゴキブリのお茶飲んでも、誰も、おなか壊さなかったんだし、もうあの虫に関して、そんなにナーヴァスになることはないと思うの。たとえ、飛翔して、人々を恐怖に落とし入れたとしても、許してやろうよ。共存共栄ってやつ？　あ、でも、もし、お茶に蝶が……うわーっ、止めてくれーっ。おののきが昂じて小説に書いてしまいそうな自分が怖い。いや、しかし。ここで私は、子供の死の予感に怯えるあまりに『ペット・セマタリー』を書いてしまったというスティーヴン・キングさまに一歩近付くのである。待ってろよ、スティーヴン！　……さま……畏れ多いこと言っちゃった。すみません。

ところで、これを書いている段階では、まだ2014年のクリスマス前。この前、恒例の（と言っても、私にとってはまだ三度目だが）矢沢永吉のコンサートを観るため、夫と彼の友人夫妻と共に武道館に行って来ました。「VERY　ROCKS」と銘打たれたツアーだけあって、昨年の黒っぽい感じとは打って変わって、ぐっとロック色が増していた。ホーンセクションより、ギターワークスが前面に出ていたというか……なあんて、ロックに関しては、からっきしの私が言うのは生意気なんだけどさ。

でも、そんな私にも永ちゃんの格好良さは十二分に伝わったよ。来年こそは、私もダイエットして贅肉を落とそうと決意したものね。素晴しいライヴの後に、この感想って申し訳ない気もするが、ある年齢を過ぎた観客は、分不相応と充分承知しつつも、彼と我身を比べてしまうのではないか。どうして、あの人だけ、全然劣化しないの？　とか何とか。声もルックスも、カリズマに満ちたステージパフォーマンスも。いや、でも、たぶん、我々素人には解らない微調整と共に進化しているから、変わらないように見えるんだろうな。長い間、現役で一線にい続ける人って、どの業界でも、そうだものね。

　ステージで歌われた曲の中で、いくつか、私がすっごく引き付けられた詞があった。コンサート終了後の興奮覚めやらぬ飲み会で、それを伝える。

「ナイフより、唇で、魂までえぐり取れ、おれに熱い血を注げ、とかいうの。うわーっ、なーんて格好良いんだろうって思って……」

「あ、それ、売野雅勇かも」

　夫に言われて、ええっ？　と驚いた。前回の「熱ポン」でも、私、売野さんに感心した話を書いていなかったっけ。本当に売野さんによるものなら、すごいシンクロニシティだ！　と、勇んで家に帰り、夫がピックアップしてくれたCDの歌詞カードを見たら、やはり、そうだった。他に気になった歌も彼の作詞だった。

　ちなみに「ナイフより、唇で〜」というのは“FLESH AND BLOOD”という曲。「新鮮な」を意味するフレッシュ（FRESH）ではなく、肉を表わすフレッシュ（FLESH）。肉と血！　梁《ヤン》石日《ソギル》かい！（あ、あの方の傑作小説は『血と骨』でした）男女の情熱的なセックスを歌うにしても、すごい。肉を切らせて骨を断つみたいな？　……うおー、そんなまぐわい方、やっぱり『血と骨』だ、金俊平だ！　ビートたけしだ！（それ、映画だって）

　さて、皆さん、新年の抱負は何でしたか？　私の2015年は、優しい気持で流されることが目標です。無責任女を極めるつもり。ポンちゃんにとって、年始めは、apply 4 my passport 2 visit my own heartthrob が決まり。室内に、ちびヤモリ棲息中。

ポンちゃんの
変顔
コレクション
ウワッ
©2015 TerryJohnson

其の二十三
万物編
虫を見て驚く女性作家

じゅんさいは荒野をめざす

以前から頼んでいたものを年末年始の帰省の際に受け取り、ほくほくして、早速トライ！　それは何かというと「ご飯にかけるギョーザ」なる瓶詰。餃子の餡をオイル漬けにしたようなごはんの友である。これをごはんにかけるだけで餃子ライスが味わえるとか。ＴＶで紹介されているのを見て、好奇心を抑えられなくなり、妹に頼んだ私。新たな宇都宮名物とは行かないまでも、話題にはなっているようだ。しかし、調達してくれた妹の彼氏によると、

「そんなにまでして餃子を味わいたいなら、ちゃんと皮のある本物の餃子を食えよ！　って感じ？」

としか言いようのない味だそう。そーお？　でも、これはこれで存在意義があるんじゃない？　無類の餃子好きが、どうしても餃子を食べられない苦境に陥った時、あるいは餃子ジャンキーが禁断症状に悶え苦しんだ時、この瓶詰は神の福音のごとく、彼らを感謝感激の渦に巻き込むんじゃないかしら。そう思いながら、レッツ　トラーイ！

で、結果はというと、うーむ、そもそも餃子を餃子たらしめているものは何ぞや、という根本的な問いを私の心の奥底に湧かせたのであった。餃子の皮は、コロッケの衣と同じように、ひと

つの世界を完結させる偉大な代物なのだと知ったのでした。

そう言えば、料理研究家の平野レミさんのレシピで「食べればコロッケ」というのがあるのを思い出した。本来なら付け合わせとなるキャベツの千切りの上に、つぶしたじゃが芋を丸めないで盛り付け、そこに炒めた挽肉と玉ねぎを載せて、衣代わりのコーンフレークをかけるというもの。……いや、味が悪くないのは一目瞭然だが、コロッケとしてのアイデンティティはどうなるのだろう。出自に困惑したまま、食べ手の口の中に飛び込むという……いや、擬人化はするまい。サルティンボッカじゃないんだから（牛肉の薄切りと生ハムを合わせてその間にセージの葉をはさんで焼いたイタリア料理。口の中に飛び込む、の意）。でもさ、コロッケと名のるなら、口に入れる寸前の見た目と入れた瞬間の食感の素晴しさを、あの衣に託して欲しいのよ。そして、それは、餃子の皮に匹敵する最重要案件だと思う訳。衣なしのコロッケ、皮なしの餃子、どちらも私共、許しませんよっ！　あ、そういや、同じ「食べれば〜」シリーズで「食べればいなり」というのもあったんだっけ。これは確か、かやく入り酢飯の脇に甘く炊いた油揚げを添えたもの。稲荷神社におそなえしたら、お狐さまが混乱してコーンコーンと鳴き叫ぶであろう。ええ、味は確かにおいなりさんなんでしょうけどね。

で、話は「ご飯にかけるギョーザ」に戻るが、これね、この子（誰!?）の名誉のために言っておくけど、決して味は悪くないのよ。ただ、殻のないかたつむりみたいで、おさまりが悪いというか……股間にプロテクターのカップを入れていないアメリカンフットボールの選手のように安心出来ないというか。で、名誉を回復してやるため、ラベルにあった他の用途を試してみました。ラーメンや野菜炒め、冷奴などに合うとある。そこで私は、薄目の味付けで作った焼そばに添えてみた。すると！……美味ではないか！　いなせな餃子風味をまとった焼そばのお嬢さん！　私だって、いつまでもソース味一辺倒の野暮じゃない。そこからは抜けてみせてよ、おほほ（あ、また擬人化しちゃった）。

　具のキャベツに絡んでおいしさを増していたから、たぶん野菜炒めにも合うだろう。「ご飯にかけるギョーザ」というネーミングを変更した方が良いかもしれない。「かけるギョーザ」ではなく「寄り添うギョーザ」の方が的確だろう。では、何に？　すべてに合う訳じゃないしな……ある種の食べもの？

「ある種の食品に寄り添うギョーザ」

……何だかなー。ああ、いったいどういう名が相応しいのだろう……今、この瓶詰に関して、これほど慮っている小説家って、日本中、いえ、世界中で私だけよね。

慮る……おもんぱかる、か……。およそ日常に似つかわしくないこの言葉を食材のために使っているのも、私だけのような気がするの。思い起こせば私の人生、慮ることをないがしろにしつつ進んで来た。でも、もう違う！　今年の目標は、さまざまな事柄について慮ること。あれ？前回では、確か、流されて行く決心をした筈だったが……ま、いいや、慮りながら流されて行く2015年を目指そう（往生際の悪い目標だが）。

　話は変わるが「近頃の若者における日本語の乱れを嘆く声」というのは、いつの時代でも耳にする。でも若者は馬鹿者なんだから仕方ないじゃん、と私は思う。それよりも問題視しているのは、全然若くない人が使う変な日本語。この間、私は、それの最たるものを耳にして呆気に取られた。

それは、TVの情報番組の芸能トピックスのコーナー。新作ドラマだか映画だかの宣伝のため、女優さん二人が壇上に立っていた。リポーターたちは、出演作に関する通りいっぺんの質問をさらりとすませて本題に。どうやら女優さんのひとりに熱愛報道が持ち上がっていて、その真偽を質すことが本当の目的らしい。遠回しの問いかけが、少しずつ核心へと近付いて行く。しかし、答える側も、のらりくらりとかわして本心を明かそうとはしない。と、その時、いかにも話の解るおばさんといった調子で、某女性リポーターが言うことには。

「ほら、お二人共、大変モテられるから……」

……モテられる……!? 敬語? 敬語なのか! 私は、しばらくの間、画面の前で口をあんぐり開けていたと思う。いつから、そんな気持の悪い言葉が使われているの? いや、たぶん、このリポーターのオリジナルだろう。あまりにも遠回しに、相手の気を許させようとしたあまりに、こんなもの言いになってしまったのだと推測する。ちょっと! 事の真相は無駄のない言葉でずばっと追及しなさいよっ。あー、気持悪い。こんな奇っ怪な敬語聞いたことないよ。でも、私より上の世代で、こういう丁寧過ぎる変な言葉使う人って、たまにいるよね。百歩譲って「おモテになる」だろう。あるいは「モテていらっしゃる」か。いずれにせよ、その種の言葉は、格好良い水商売のプロの姐さんにまかせておけば良いのである。本当に「モテる」人は、そこに敬語なんか付けられても喜ばない筈。あー、便宜上の表記だから仕方ないけど、実は私、「モテ」と片仮名を当ててるのも嫌なんだよなあ。

我ながら面倒臭い奴、だとは思う。でも、この面倒臭さって、衣食住と同じように、その人のライフスタイルを構成する重要ファクターだと思うのだが。「モテられる」なんて言葉は、私にとっては、売られていたままの豪華なプリントをほどこされたプラスティックの皿から、直接お刺身を食べるようなものだ（小癪な、これまたプラスティックで出来た小さな菊に練り山葵《わさび》が載せられたものが隅にある）。回りくどいか。

などと偉そうなことを言っているが、実は、そういう私の言葉もうんと乱れているのである。この乱れ具合は、私自身の許容範囲内なのだが、他の人からすれば、眉をひそめるレヴェルかもしれない。

いつだったか、飲み屋さんでたまたま会った知人の年下の女の子が、私に対して、ひどく恐縮する事態になり、「すいません」を連発したのだった。そんな彼女に、私の方こそ困惑してしまい、返した言葉は。

「いいの、いいの、全然、オッケー！」

その瞬間、彼女の連れであるアメリカ人の英語の先生（私とは初対面）が強い口調で私をなじったのである。

「まったくもう！　近頃の若者は正しい日本語が話せていませーん！」

「あー、すいません、私、全然若くないんですが……この全然の用法は正しい、ですよね……これから気をつけまーす！　終わり！」

そう言って、すたこらさっさと席を移った私。叱られちゃったよ、あー面倒臭い。本来面倒臭いのは私の方なんだが。立ち去る私の背後で、その英語の先生に、あの方、どんな仕事をしているか知ってます？　とおもしろがって尋ねる知人女性のだんなさん（こちらも私の知り合い）の声が聞こえた。ふん、そうさ、私は、日本語取り扱いにおいてのプロであるべき物書きなのさ。

だけど、臨機応変に対応することだってある。それがどうした、全然オッケー！

だけど、「全然」は「まるごとすべて」という意味で使うこともあるそうだ。たとえば、国木田独歩の『牛肉と馬鈴薯』の中には、

〈僕は全然恋の奴隷《やっこ》であつたから〉

とあり、また夏目漱石の『それから』には、

〈腹の中の屈托は、全然飯と肉に集注してゐるらしかつた〉

とあるらしい（昔読んだ筈だがさっぱり覚えていないよ）。ほーらほら、そこのミスター・イングリッシュ・ティーチャーよ、日本語通ぶっていばるでない。私は、独歩と漱石の影響下にあるだけなのである。

なーんて。これ、全部、内館牧子さんの『カネを積まれても使いたくない日本語』（朝日新書）の受け売りなんだけどさ。この本は、とても興味深くて、あー、そうそうと深く頷くところと、え？　私はそんなふうに感じたことがないけど？　と首を傾げる箇所の両方が例にあげられている。内館さん御自身も、自分で面白いと感じて使っている言葉に、不快感を覚えて怒る友人がいるとお書きになっている。そして、逆もまたあるから、言葉の扱いは難しい、と。

ほんと、そうなんだよなあ。だから、「モテられる」に身の毛がよだつ私でも、「全然オッケー」は平気で使っちゃう。他人の言葉にいちゃもん付けるのも大概にした方が良いのか。いや、しかし、交際宣言、あるいは結婚発表の際に乱発される、芸能人の「させていただく」は許さんよ。お付き合いさせていただいていますって……えーい、誰に向かってへり下っているのだ……そんなふうに身悶えているのは私だけではない筈だ（調査済）。

このように嫌いな言葉がとても多い私ではあるが（そもそも「カネ」という片仮名表記も駄目）、もちろん好きな言葉も沢山ある。本を読んでいて、知らなかった愉快な語彙を発見すると、嬉しくなってしまう。喜ばしいハプニングに遭遇したような気持になるのね。

去年、松井今朝子さんの『今ごはん、昔ごはん』（ポプラ社刊）という食に関するエッセイ集を読んでいて、へえ、と驚いた。この本は、食べ物にまつわる知的トリヴィアに満ちていて、なーるほど、と感心することしきりなのだが、その中でも、私が目を付けたのは「じゅんさい」に関する項。そう、小料理屋さんの気の利いたつまみとして登場する「蓴菜」のことね。ゼリー状のぬるぬるに覆われた蓮の若芽みたいな植物。冷えた出汁でお浸しにしたり、酢の物にしたりするあれ。あの名前が、関西では形容詞として使われるというのだ。勝手に引用させていただくが、〈のらりくらりして態度をはっきりさせない人や、調子のいいことばかり言って、肝腎のところでするりと責任を回避するような人に「あんた、じゅんさいな人やなあ」と、やんわり非難したりするのだが、むろん食べたことのない人にはまるで通じない皮肉である〉

さすが京都祇園の老舗料亭の娘さんらしい書き口（私が勝手に作った言葉だが）だなあ。で、感心しつつ、私は思ったの。自分に必要なのって、この「じゅんさいな」部分ではないかって。アメリカ人との前の結婚生活で常に求められた明確さは、まるで強迫観念のように常に私にのしかかっていたのだった。イエス　オア　ノー？　の選択肢の呪縛の日々で、私が心から羨しいと感じたのは、その「じゅんさい」的なものを許容する日本人同士のコミュニケイションの在り方だったような気がする。

これは、とても不思議なことだ。そもそも、「じゅんさいな」やり取りが大の苦手だった私。

アメリカ人の友達や恋人に囲まれ、やがて結婚に至るまで、それのない世界で、とっても気楽だった。でも、段々、すべてを明確に言葉で説明しなくてはならない状況に息が詰まりそうになり、そして、私自身が一番身近な人間の息を詰まらせた。いつのまにか、前夫は、日本人の私よりも「じゅんさいな」人になっていたのだった。彼は、上手く行かなくなった結婚生活から自分を救い出すために、そうなる方法を見つけ出したのだと思う。私も、「じゅんさい」とは行かないまでも、「くずきり」くらいのつかみどころのなさを会得して置けば良かったのかも。そうしたら、あそこまで傷付け合うこともなかっただろう。もっとも、あの結婚生活を終わりにしたことは、双方のための最上の選択であったと信じているが。

そんなふうに過去に思いを馳せながら、私は、プチ「じゅんさいな」人になるのを決意したのである。慮りながら、流される、じゅんさいな人間。それが、私のこの先のセルフイメージ。え？　意味が解らない？　おほほ、実は、私にも良く解んないんだけどさ。でも、この探究心によって、私は、確実にひとかどの「じゅんさいな」人物として生まれ変わるであろう。蓴菜、角ないけど。

それはそうと、皆さん、赤の他人のお尻の割れ目が突然目に入った場合、どうしますか。どうリアクションするのが正しいのでしょう。実は、この私、立て続けに二度、若い男性の割れ目に遭遇してしまったのです。

ある日の散歩の途中のことである。私の前を歩いていた男の子が突然、しゃがみ込んで靴の紐を結び直したのであった。で、そうしている間じゅう、ローライズどころでない、極限まで股上を浅くしてあるデニムのベルト部分から腰にかけての肌があらわに。あー、もしもし、お尻の割れ目が、ものすごく大胆にはみ出してますよ……それ、ちっともお得感ないので、さっさとしまって下さいな……とは、もちろん声をかけることもなく、うんざりして通り過ぎたのであった。自分と関わりのない男の臀部って、まさしく無用の長物だと思った。いやマジで。

二度目もほとんど同じシチュエイションだったのだが、これは人の多いアーケード街。私以外に目撃者がいた。それは、隣にいたおばあちゃん。彼女は言ったよ。

「あれまっ、パンツはかないと風邪引いちゃうよ、うひひ」

ああ、年の功。こういう人に私はなりたい。その修業のために、この「熱ポン」はひとまず終了します。また、いずれ、どこかの誌面でお目にかかりましょう。ポンちゃんにとっての「じゅんさい」道は、haunts me 4 good. お尻磨きは自分磨きの第一歩！（教訓）

ポンちゃんの
変顔
コレクション
其の二十四
制作スタッフ編
連載終了を知り
むせび泣くテリとビリ
Billy + Terry

初出
「小説新潮」
2013年4月号〜2015年3月号

時《と》計《けい》じかけの
熱《ねっ》血《けつ》ポンちゃん

発行 2015.5.30

著者 山田詠美 やまだ・えいみ

発行者 佐藤隆信
発行所 株式会社新潮社
〒162-8711東京都新宿区矢来町71
電話 編集部 03-3266-5411
読者係 03-3266-5111
http://www.shinchosha.co.jp

印刷所 大日本印刷株式会社
製本所 大口製本印刷株式会社

乱丁・落丁本は、
ご面倒ですが小社読者係宛お送り下さい。
送料小社負担にてお取替えいたします。
価格はカバーに表示してあります。

ISBN978-4-10-366816-9 C0095